史街余韵

庹震 著

新星出版社　NEW STAR PRESS

目录

1 / 序言

卷一
3 / 知势与治事

卷五
161 / 文志与文品

卷二
43 / 修身与自悟

卷六
183 / 著史与论史

卷三
83 / 知己与知彼

卷七
225 / 时距与心距

卷四
113 / 寻人与识人

卷八
255 / 诗文与诗魂

序言

　　过了许久。人类从原始到现代，有了多方面的进化、进步，也走了一些弯路，经历了不少磨难，受了许多苦楚，积累了不少经验教训，所以人类渐渐懂得珍惜和平，珍惜亲情友情爱情，珍惜欢乐的共享和心灵的互动。为看到这历史的过程，无数的读书人放不下历史的长卷，合上长卷后又难以抚平心中涌荡的激情。

　　过了许久。更多的人明白了：在人间，大雾大雨大风的日子，只是所有日子的零头，更多的日子，或是风和日丽，或是晴间多云、多云转晴。真善美的一切，一切的真善美，都是人际的主流主导主力，而假恶丑的一切，一切的假恶丑，都不断地在人们付出了一定的代价后被识别，被清除，被抛弃。

　　过了许久。不少金银财宝逍遁了，易主了。但是，那些涵盖人类灿烂文化底蕴的诗文，那些铭录人类喜悦与哀愁的音律，那些以短暂的人生面对沧海桑田变迁的感悟，历经烽烟战火而被锻造，历经朝代更替而被传唱，历经诋毁中伤而被护藏，它们既永属人类，也永属创造者。

　　过了许久。后来的人看到了更多的"当时"，这"当时"，本是当时的人最应清楚的。但是当时有当时的历史背景，当时有当时的人际环境，当时有当时的偶然意外，于是，就会有一些内在联系的发现，就会有一些"定论"的变化，就会有一些"结论"的更正，可能昨是今非，可能昨非今是，也可能昨不全是今不全非，看人论事，最要紧的是置身于历史长街中设身处地，不泥古，不苛求。

　　过了许久。世界上国家很多，民族有许多个，语言有许多种，人的肤色也不同，需要沟通和交流的事情很多。但是，不知从何时起，全人类的绝大部分，都接受了一种饮食方式：一日三餐。或许，许多年以前，有的国家和民族是一日五餐，有的国家和民族是一日一餐，后来，大家都认同了更为科学合理的选择：一日三餐。凡人类的先进文化，不论起始于地球的哪一个边角，只要它是大益于人类的，都最终会成为人类的钟爱。

过了许久。人类史，从"神话传说"，到"文字实录"，辞旧迎新是过程，也是必然。往往于萧条枝间萌发的嫩芽，不经意中就茁壮成长起来，而转眼便花团锦簇，硕果累累。新的时代闪耀着新的生命的光芒。这新的生命里，有忍辱负重的铺路者，有顺应大势的赶潮者，有居于春夏而思虑秋冬的智者。史街上，凸显的便是这些人中精华。

卷一

- "往前走","走新路",不能用"十全十美"、"万无一失"的标准来决定可否,要承担一定的推陈出新的成本和代价。

- "敌存而惧,敌去而舞",人类社会的这种现象,并不少见。

- 知天下之势,方可平天下。不知天下之势,有天下者会失去天下,太平盛世也会变为乱世末局。

- 团结和睦的中华民族文化的强大凝聚力,始终是历史演进的核心。

- "得人心者得天下",得人才是得人心的重要体现和重要保障。

知势与治事

(一)

读《史记·货殖列传》中一段记述,好像打开了一个"百宝箱":

> 夫山西饶材、竹、谷、纑、旄、玉石;山东多鱼、盐、漆、丝、声色;江南出楠、梓、姜、桂、金、锡、连、丹沙、犀、玳瑁、珠玑、齿革;龙门、碣石北多马、牛、羊、旃裘、筋角;铜、铁则千里往往山出棋置。此其大较也。皆中国人民所喜好,谣俗被服饮食奉生送死之具也。故待农而食之,虞而出之,工而成之,商而通之。此宁有政教发征期会哉?人各任其能,竭其力,以得所欲。故物贱之征贵,贵之征贱,各劝其业,乐其事,若水之趋下,日夜无休时,不召而自来,不求而民出之。岂非道之所符,而自然之验邪?

周书曰："农不出则乏其食，工不出则乏其事，商不出则三宝绝，虞不出则财匮少。"财匮少而山泽不辟矣。此四者，民所衣食之原也。原大则饶，原小则鲜。上则富国，下则富家。贫富之道，莫之夺予，而巧者有余，拙者不足。

这段记述，展示的不仅是丰富的物产，而且提出了发展经济、管理经济的要诀及"上则富国，下则富家"的道理。司马迁作《史记》，游历了中国大部分地方，作了深入细致的调查、考证，搜集了历史人物的事迹，亦拥有了当时各地经济、文化、社会状况的第一手资料。《货殖列传》充分体现了这种基本功，成为反映司马迁经济思想和物质观的重要篇章。"巧者有余，拙者不足"，发展经济，面对同样的自然资源，为什么有时候发展快，有时候发展慢，有的地方发展快，有的地方发展慢？根本上说，这种差别主要来自人对发展经济之理之道的知、悟、行。司马迁要告诉人们的，绝不只是各种资源的分布情况，更是要提醒人们，要懂得发展经济之理之道。

(二)

《左传》中记载了《晋楚"宋之盟"盟文》：

> 凡晋、楚无相加戎，好恶同之，同恤灾危，备救凶患。若有害楚，则晋伐之；在晋，楚亦如之。交贽往来，道路无壅，谋其不协，而讨不庭。有渝此盟，明神殛之，俾队其师，无克胙国。

这篇盟文，文字虽短，读来颇有文采，也有一种豪气。虽然晋、楚两国此协议遵守时间不长，四年后楚国撕毁了协议，发动了鄢陵之战，但盟文所表达的和平互动的意愿，其价值取向具有永恒的魅力。不相争战，同友共敌，有难同当，有一方被侵略，另一方必出兵相救。就《晋楚"宋之盟"盟文》的文字而言，是协约范文，言简意赅，值得称道。在那个战乱的年月里，这篇盟文所涵盖的，更多的是人民对安定生活的向往。向往和谋求和平，是人类的内质。从古至今，战争和流血虽未休止，但这内质一直是人类社会存在的支撑。

（三）

苏轼的《乞校正陆贽奏议进御札子》，算是一篇写给宋哲宗的出色"报告"。因为苏轼推崇陆贽的耿直敢言精神，借对前人的评价，他实际上是在给宋哲宗"上课"。

这份"报告"中，有几句话可谓"理透意深"，对为政者的参考作用不容低估："窃谓人臣之纳忠，譬言医者之用药。药虽进于医手，方多传于古人。若已经效于世间，不必皆从于己出。"苏轼将"医者"和"药方"的关系，作了一个分析，希望后来的"医者"莫忘了用好用足"祖传"的"药方"，尤其经实践证明是疗效不错的"药方"。从全文看，这是作者要表达的核心意思。全文相当多的篇幅是讲陆贽的观点，讲陆贽思想的作用，"愿陛下置之坐隅，如见贽面；反复熟读，如与贽言"。如此苦心推荐，应该说充满了诚意。治理天下的学问，从古至今，从今往后，在基本原理上，并无差别。以民为本，天下为公，德主刑辅，扶贫济弱，宽严相济，确保民富、民安、民乐，等等，都是永恒的社会政治定律。

(四)

为官之德在何？在公正、在廉洁，也在不唯上。

史弼这个人，在东汉"直臣"中占有一席之地。《后汉书》载："弼迁尚书，出为平原相。时诏书下举钩党，郡国所奏相连及者多至数百，唯弼独无所上。"当有责问，史弼的回答是："先王疆理天下，画界分境，水土异齐，风俗不同。它郡自有，平原自无，胡可相比？若承望上司，诬陷良善，淫刑滥罚，以逞非理，则平原之人，户可为党。相有死而已，所不能也。"在中外历史上，"牵连无辜"的事件甚多。那么多人遭殃受害，除了"上令"，也与为数不少的"违心执行者"有关。营造良好的社会环境，让百姓安居乐业，一定要有善政良治的管理者。为官之人，一旦戴上"官帽"，应以百姓的利益为从政之根本，如"上令"有误，可力陈正确意见；若正确意见不被采纳，可以舍弃"官位"；而最不可取的，是昧着良心为保全自己而做害人之事。史弼给人印象最深的，是"官德"好。"天高而明，地厚而平"，这是什么力量使然？

（五）

东汉史学家和政治思想家荀悦，主要著作是《申鉴》和《汉纪》。从史学思想看，他强调了吸取历史经验教训的重要作用。他曾说："君子有三鉴，鉴乎前，鉴乎人，鉴乎镜。前惟训，人惟贤，镜惟明。夏商之衰，不鉴于商汤也。周秦之弊，不鉴于群下也。侧弁垢颜，不鉴于明镜也。故君子惟鉴是务。"

荀悦向往的为治境界，是君明臣贤。他说："非天地不生物，非君臣不成治。首之者，天地也；统之者，君臣也。"（《申鉴·政体》）

荀悦对君臣作了"六分法"：君主分为王主、治主、存主、衰主、危主、亡主；臣为王臣、良臣、直臣、具臣、嬖臣、佞臣。六主六臣，"同善则治，同恶则乱，杂则交争"。他认为，这六主六臣"排列组合"不同，治乱情况也不同，封建王朝兴亡替换，就是这种"排列组合"造成的。

不同的人就有不同的个性、脾气、特点。将什么样的人组合在一起"搭台唱戏"，不同的方案会产生不同的"演出"效果。荀悦作为一个古人能有这种见识，已属难能可贵，对于今人仍有启发。

作为一种政治见解，"六分法"是否科学、准确，尚可探讨评议。在封建政治体制下，这种简单的归纳，也多少有些天真。封建社会始终走不出自己的恶性循环，根本原因还在其制度上的弊端。不同的代表人物，是其体制的产物。"六君"、"六臣"如何组合，也是由封建制度运行过程决定的。

荀悦重视"为民"思想，他说："圣王之有天下，非以自为，所以为民也。"荀悦认为治史的目的，是劝说君王"不得专其权利，与天下同之，唯义而已，无所私焉"。"六分法"与这种"为民"思想是连贯的、一致的。

（六）

《明史》载：1372年，明朝开国皇帝朱元璋颁布了《正礼仪风俗诏》，全文如下：

> 天下大定，礼仪风俗不可不正。诸遭乱为人奴隶者复为民。冻馁者里中富室假贷之，孤寡残疾者官养之，毋所失。乡党论齿，相见揖拜，毋违礼。婚姻毋论财。丧事称家有无，毋惑阴阳拘忌，停柩暴露。流民复业者各就丁力耕种，毋以旧田为限。僧道斋醮杂男女，恣饮食，有司严治之。闽、粤豪家毋阉人子为

火者，犯者抵罪。

读这篇诏书，可见朱元璋之明白。从大乱到初定，是通过征战实现的。从武治到文治，要靠有序的社会制度和共守同遵的社会规范。朱元璋不愧是布衣出身的政治家，他深深懂得从武治到文治的转化。"讲礼仪风俗"，从经济基础上看，先要让人安居乐业，然后各就其业、各守其道，立下规矩，违者责罚。可贵的是，朱元璋没有就"礼仪风俗"抓"礼仪风俗"，而是将"安民"放在了首位，同时再讲"教民"。《论语》中孔子曾回答弟子冉由的问话。当冉由问人多怎么办时，孔子回答是："富之。"冉由又问人富了之后怎么办，孔子回答是："教之。"

朱元璋的这篇《正礼仪风俗诏》，既是"安民告示"，又是"劝民告示"，尤其对"富者"要求更为明确，同时又对僧道人员提出了警告，还对婚丧嫁娶作了规范，这种"物质"和"精神"的多重约束，对社会稳定起到了重要作用。一个社会的稳定，其主要阶层的支点，必须是"均衡"的，朱元璋看到了这一点。

（七）

苏洵的出名，不在官道。他的名气，一是他自己的勤奋和文章，二是他有苏轼、苏辙两个有出息的儿子。他生于1009年，卒于1066年。欧阳修将苏洵的二十二篇文章（两篇《几策》，十篇《权书》，十篇《衡论》）送给了宋仁宗，令苏洵名声一时大振。《宋史》将《苏洵传》列在《文苑》中，略其生平，详其文采，也算得当。

读苏洵文章，我以为《重远》一文中的头一段论述颇见其思想和才学功底：

> 武王不泄迩、不忘远，仁矣乎？非仁也，势也。天下之势犹一身。一身之中，手足病于外，则腹心为之深思静虑于内，而求其所以疗之之术；腹心病于内，则手足为之奔掉于外，而求其所以疗之之物。腹心、手足之相救，非待仁而后然，吾故曰："武王之不泄迩、不忘远，非仁也，势也。"势如此之急，而古之君独武王然者，何也？人皆知一身之势，而武王知天下之势也。夫不知一身之势者，一身危；而不知天下之势者，天下不危乎哉？秦之保关中，自以为子

孙万世帝王，而陈胜、吴广乃楚人也。由此观之，天下之势远近如一。

在这个"开篇"中，苏洵将"一身之势"与"天下之势"讲得很透彻，所谓"远"与"近"的道理也在其中了。知天下之势，方可平天下。不知天下之势，有天下者会失去天下，太平盛世也会变为乱世末局。古往今来，纵论此理至深者，苏洵是为数不多的人中的一位。

把握天下大势，历史上有三句名言可借鉴参考：一，《晏子春秋》中讲的"谋度于义者必得，事因于民者必成"；二，《后汉书·郭太传》中讲的"墙高基下，虽得必失"；三，《说苑·敬慎》中讲的"得其所利，必虑其所害；乐其所成，必顾其所败"。这三句话，每一句的分量都不轻，其所蕴含的哲理，已从历史经验和教训中得到印证。

（八）

知子莫若父母。《史记》中对赵括的记述便是一例。

赵括自少时学兵法，言兵事，以天下莫能当。尝与其父奢言兵事，奢不能难，然不谓善。括母问奢其故，奢曰："兵，死地也，而括易言之。使赵不将括即已，若必将之，破赵军者必括也。"及括将行，其母上书言于王曰："括不可使将。"王曰："何以？"对曰："始妾事其父，时为将，身所奉饭饮而进食者以十数，所友者以百数，大王及宗室所赏赐者尽以予军吏士大夫，受命之日，不问家事。今括一旦为将，东向而朝，军吏无敢仰视之者，王所赐金帛，归藏于家，而日视便利田宅可买者买之。王以为何如其父？父子异心，愿王勿遣。"王曰："母置之，吾已决矣。"括母因曰："王终遣之，即有如不称，妾得无随坐乎？"王许诺。

赵括既代廉颇，悉更约束，易置军吏。秦将白起闻之，纵奇兵，详败走，而绝其粮道，分断其军为二，士卒离心。四十余日，军饿，赵括出锐卒自博战，秦军射杀赵括。括军败，数十万之众遂降秦，秦悉坑之。赵前后所亡凡四十五万。明年，秦兵遂围邯郸，岁余，几不得脱。赖楚、魏诸侯来救，乃得解邯郸之围。赵王亦以括母先言，竟不诛也。

赵括父母，对儿子才德的了解程度，大大超过了赵国国

王。赵括的母亲知道赵括领兵打仗必败，写信恳求赵王不要轻信赵括，但被赵王拒绝。就这样，数十万赵军覆灭，铸成了千古遗恨。

《史记》中通过赵奢之妻、赵括之母对赵奢、赵括父子俩所作的对比，很使人深思："事其父，时为将，身所奉饭饮而进食者以十数，所友者以百数，大王及宗室所赏赐者尽以予军吏士大夫，受命之日，不问家事。"赵括呢？"一旦为将，东向而朝，军吏无敢仰视之者，王所赐金帛，归藏于家，而日视便利田宅可买者买之。"父子两人品行上的差别，是胜与败的一大根源。

值得批评的，还有赵王。赵括之母已把儿子的弱点讲透了，赵王仍坚持己见，实在是很不应该。赵王的固执，不是"用人不疑，疑人不用"，而是做不到"知人善任"。"用人不疑"的前提，是要"知人"。"知人"要准，必须坚持"民主"原则——兼听则明，实践原则——不能光看一个人拥有什么，更要看干成了什么。在"知人"之后，解决了"疑人不用"问题，对当用之人，当然要"用人不疑"。

赵王用赵括，是历史的悲剧。这场悲剧的酿造者，是赵括，更是赵王。

（九）

《史记·平津侯主父列传》中，记载了汉代赵国人徐乐给皇帝的一封"上书"，其中一段特意讲了"土崩"与"瓦解"之别：

> 臣闻天下之患在于土崩，不在于瓦解，古今一也。何谓土崩？秦之末世是也。陈涉无千乘之尊，尺土之地，身非王公大人名族之后，无乡曲之誉，非有孔、墨、曾子之贤，陶朱、猗顿之富也，然起穷巷，奋棘矜，偏袒大呼而天下从风，此其何故也？由民困而主不恤，下怨而上不知，俗已乱而政不修，此三者陈涉之所以为资也。是之谓土崩。故曰天下之患在于土崩。何谓瓦解？吴、楚、齐、赵之兵是也。七国谋为大逆，号皆称万乘之君，带甲数十万，威足以严其境内，财足以劝其士民，然不能西攘尺寸之地而身为禽于中原者，此其故何也？非权轻于匹夫而兵弱于陈涉也，当是之时，先帝之德泽未衰而安土乐俗之民众，故诸侯无境外之助。此之谓瓦解。故曰天下之患不在瓦解。由是观之，天下诚有土崩之势，虽布衣穷

处之士或首恶而危海内，陈涉是也，况三晋之君或存乎！天下虽未有大治也，诚能无土崩之势，虽有强国劲兵，不得旋踵而身为禽矣，吴、楚、齐、赵是也，况群臣百姓能为乱乎哉！此二体者，安危之明要也，贤主所留意而深察也。

读徐乐关于"土崩"与"瓦解"的分析，使人想到杜牧的《阿房宫赋》，也使人想到明朝方孝孺的《深虑论》。徐乐分析的"土崩"原因，使人深思"水能载舟，亦能覆舟"之理，秦之"土崩"，"民困而主不恤，下怨而上不知，俗已乱而政不修"，既成为陈涉起事成功之本因，又是秦王朝覆灭之祸根。"瓦解"时，若尚未"土崩"，则尚可救。"土崩"了也必然会"瓦解"。吴王刘濞等七王之乱，所以被平定，是因为人民大众尚能容忍汉王朝的统治，未到秦末农民揭竿而起的程度。这个分析，看封建王朝更替，是远见，也是卓识。

（十）

苏辙《进策·臣事》中，充溢着无穷的忧患，文中提出的几层要义值得注意：

臣闻天下之患无常处也，惟见天下之患而去之，就其所安而从之，则可久而无忧。有浅丈夫见其生于东也，而尽力于东，以忘其西；见其起于外也，而锐意于外，以忘其中。是以祸生于无常，而变起于不测，莫能救也。

　　人之将死也，或病于太劳，或病于饮酒。天下之人见其死于此也，而曰必无劳力与饮酒，则是不亦拘而害事哉！彼其死也，必有以启之，是以劳力而能为灾，饮酒而能为病。而天下之人岂必皆死于此？

　　天下之事，有此利也，则必有此害。天下之无全利，是圣人之所能如之何也。而圣人所能，要在不究其利。利未究而变其方，使其害未至而事已迁，故能享天下之利而不受其害。

　　故臣以为当今之势，不变其法，无以求成功。且夫邀天下之大利，则必有所犯天下之危。欲享大利，而顾其全安，则事不可成。而方今之弊，在乎不欲有所摇撼而徒得天下之利，不欲有所劳苦而遂致天下之安。

这几层意思，见解精辟。"天下之患无常处"，警示人们不可在"病因"不清时,"头痛医脚",不可将前人治前病的"药方",不添不减不换地"照搬"过来治疗现今的病症;"利未究而变其方",提醒人们注意事物变化的"转折点",利与害,同存于一个事物变化过程中,"利究"而"害未至"的时候,如果头脑清醒,随机应变,就可防患于未然,避免大害的发生。"欲享大利,而顾其全安,则事不可成",告诫人们"往前走","走新路",不能用"十全十美"、"万无一失"的标准来决定可否,要承担一定的推陈出新的成本和代价。

联系起来看,苏辙的防患思想,是不能因循守旧,而要以变应变,把握事物运行规律,以达趋利避害的目的。

(十一)

王安石《材论》中讲:人才是国家的栋梁,"得之则安以荣,失之则亡以辱"。"且人之有材能者,其形何以异于人哉?惟其遇事而事治,画策而利害得,治国而国安利,此其所以异于人者也。"这是王安石对人才的定义。王安石还举了如何分辨马之良劣的办法:"驽骥杂处,其所以饮水食刍,嘶鸣蹄啮,求其所以异者盖寡。及其引重车,取夷路,不屡策,不烦御,一顿其辔而千里已至也。当是之时,使驽马并驱方驾,则虽倾轮绝勒,败筋伤骨,不舍昼夜而追之,辽乎其不可以及也，夫然后骐骥騕褭与驽骀别矣。"

王安石这里主张的，是在"实用"中选拔人才，"试之之道，在当其所能而已"，而不能光看外表。王安石不赞成天下无才可用的观点，也不赞成求全责备的用人政策："古之人君，知其如此，于是铢量其能而审处之，使大者小者长者短者强者弱者无不适其任者焉。其如是则士之愚蒙鄙陋者，皆能奋其所知以效小事，况其贤能智力卓荦者乎？呜呼！后之在位者，盖未尝求其说而试之以实也，而坐曰天下果无材，亦未之思而已矣。"只要善于求才用人，人才就在眼前。王安石还讲了另一个新观点，人才会适时势而涌现。"吾闻之，六国合纵而辩说之材出，刘、项并世而筹画战斗之徒起，唐太宗欲治，而谟谋谏诤之佐来。此数辈者，方此数君未出之时，盖未尝有也；人君苟欲之，斯至矣。"在历史长河的激流中和紧要处，大才奇才往往能脱颖而出。王安石看到了这一点，更将这一点直截了当地点破了。

王安石最后说："天下之广，人物之众，而曰果无材者，吾不信也。"

在实践中发现人才，在发挥其能力时量才而用，人才总是适应时势而涌现，王安石能把这个道理讲清讲明，很不简单。

（十二）

对郦道元，相当多的人知道的是他的著作《水经注》，而对其为政之途和为官之道，却知之甚少。其实，他担任"地方官"时是很有建树的。《北史》中对郦道元做"地方官"的记述笔墨较重。郦道元"为政严酷，吏人畏之，奸盗逃于他境"，然而他又"崇劝学教"，重视文化教育，这一则是解燃眉之急，二则是为长远打算。在中国，儒家学派和法家学派争议最多的，是"德主刑辅"还是"刑主德辅"。郦道元对二者进行了"兼顾"，既有保一方平安的法制手段，又有保长治久安的教化之策。其实，还有一点也不能忽视，那就是要发展生产，活跃经济，使百姓"衣食足"。"衣食足"，"重教化"，"治严法"，社会就会安定、祥宁。郦道元当"地方官"的体会，应该说是深刻的。

（十三）

《列子》中讲述了伯乐向秦穆公推荐九方皋相马的故事。伯乐对秦穆公说："臣有所与共担缰薪菜者，有九方皋，此其于马，非臣之下也。请见之。"秦穆公马上召见了九方皋，并派他去寻千里马。去了三个月，马挑选好了。秦穆公问："何马也？"九方皋回答："牝而黄。"秦穆公派人牵来一看，并不是母马，是公马；也不是黄毛马，是匹黑马。秦穆公很不高兴地把伯乐叫过来，责怪他说："败矣！子所使求马者！色物、牝牡尚弗能知，又何马之能知也？"伯乐听了这番话，长长地叹息了一声，他对秦穆公说："一至于此乎！是乃其所以千万臣而无数者也。若皋之所观，天机也，得其精而忘其粗，在其内而忘其外；见其所见，不见其所不见；视其所视，而遗其所不视。若皋之相马，乃有贵乎马者也。"

故事的结尾，正如伯乐所言，九方皋选定的马，确实是匹难寻难找的千里马。韩愈《杂说》中有一句名言："世有伯乐，然后有千里马。千里马常有，而伯乐不常有。"

伯乐相马，亦会相相马之人，更懂看透事物本质的道理。伯乐借相马，批评了一些人注重事物外表而忽视事物本质的毛病，针对性很强，也有一定的普遍意义。古今中外，一些人失误、失策、失败，除了历史背景、社会环境等客观因素外，个人主观上"见其所见，不见其所不见"，"视其所视，而遗其所不视"也是重要成因。

（十四）

曾国藩写过一篇探讨人才作用与人才培养的文章，题目叫《原才》，收录在《曾文正全书》中。

"风俗之厚薄奚自乎？自乎一二人之心之所向而已。民之生，庸弱者戢戢皆是也。有一二贤且智者，则众人君之而受命焉；尤智者，所君尤众焉。此一二人者之心向义，则众人与之赴义；一二人者之心向利，则众人与之赴利。"这是文章的开场白，也是此文的主要观点。"先王之治天下，使贤者皆当路在势，其民风也皆以义，故道一而俗同。"这是讲古时候君王曾用贤人，实现了"道一俗同"目标。"十室之邑，有好义之士，其智足以移十人者，必能拔十人中之尤者而材之。其智足以移百人者，必能拔百人中之尤者而材之。然则转移习俗而陶铸一世之人，非特处高明之地者然也，凡一命以上，皆与有责焉者也。"这是本文的落脚点。

《抱朴子》中有"识珍者必拾浊水之明珠，赏气者必采秽薮之芳蕙"。曾国藩讲"一二人"，虽有唯心主义成分，但讲人与人之间有相互影响的关系，讲善用"十人中之尤者"、"百人中之尤者"，也有一定道理。"一二人"在众人中的作用是"示范"，用好了"一二人"，亦是一种"示范"。从这个意义上讲，曾国藩讲"使贤者皆当路在势"，也算是找到了某种根据。

（十五）

北宋政治家、文学家欧阳修曾被人攻击，罪名之一是私结朋党。作为一种反击，欧阳修则写了著名的《朋党论》，较深刻地回答了"朋党"为何物的问题。"君子和而不同，小人同而不和"，这是孔子的观点。欧阳修在此基础上又作了延伸，从"朋党"的角度，提出了这样的论断："大凡君子与君子以同道为朋，小人与小人以同利为朋，此自然之理也。""同道为朋"与"同利为朋"，有着本质的区别。一个以"道"为联盟的基础，一个以"利"为交易的前提，君子之"和"，"和"在"同道"；小人之"同"，"同"在"同利"。

欧阳修认为，"同道"者可以结为"朋党"，这种"朋党"关系，不是为了牟私利，不是为了牟小集团利益，而是为了国家、人民的利益。"用君子之真朋，则天下治矣。"

欧阳修举了一些例子，说明君子之朋与小人之朋的不同，得出了这样一个结论："同道"者结为朋党，可以像大禹与皋陶、后稷等人结朋一样，造福于天下。

骆宾王《萤火赋》中曾有"响必应之于同声，道固从之于同类"之句。站在今天角度，读《朋党论》，会产生这样的问号：在现代社会里，人与人之间，该建立怎样的人际关系？区别"同道为朋"与"同利为朋"有没有实际意义？今日之"道"和今日之"利"与古代有什么同异？又有什么样的新的内涵？实际上，古今中外人与人之间，不论是政治家，还是普通人，交什么样的朋友，以什么为基础交朋友，都一直是大问题。许多人人生的辉煌，事业上的成就，都与良好的人际关系，拥有一个健康、有益的"朋友圈"有关。"同道为朋"，讲的是事业上的同心同志，讲的是道德上的共通共融。今日之"道"，有古人之"道"中积极的成分，真善美的成分，涉及"人性"、"人本"、"人伦"的成分，但也应在新的时代里有所补充，应将现代文明充实进去。有了这样的基础，所交之友，于国家，于他人，于自己都会有益。"同利为朋"，对"利"，要区别"合法之利"与"非法之利"。对于"合法之利"前提下的"利益人际"，要给予必要的承认。而对于"非法之利"前提下的"利益人际"，要予以否定和惩处。对在"非法之利"基础上的"朋党"，因其对国家、人民有害，应予以必要的打击。欧阳修所鄙视的"利"，并不是商业之利、市场之利，而是贪赃枉法、损人利己之利。

（十六）

《庄子·渔父》："人有畏影恶迹而去之走者，举足愈数而迹愈多，走愈疾而影不离身，自以为尚迟，疾走不休，绝力而死，不知处阴以休影，处静以息迹，愚亦甚矣。"

这则故事，讽刺了怕见影子却又不知如何摆脱影子的人。

在中国，"形影不离"这句成语很常用。有形的物，在光照下，自然会有影子。有影子并不可怕，可怕的是人不知影子为何物。这个愚人很可笑，他不仅害怕影子，不喜欢影子跟着自己，还不知如何摆脱自己的影子。死亡是他这出闹剧的结束，也是他自己编演的悲剧。

由这个愚人的闹剧、悲剧，想到了社会上的两类人：一类人尽做坏事，却怕别人知道了"影响不好"，千方百计去"化妆"、"打扮"，逃避"影子"的追随。另一类人知道做什么事都会惹来议论，怕这怕那，畏头畏尾，顾三顾四，结果什么事也做不成。这两类人，一个对人类社会有害，一个对人类社会无益。人生活在世界上，是要见太阳的。如某人向某人行贿，见对方不收，便说："这事谁都不知，你怕什么？"对方回答："怎么不知？天知，地知，你知，我知，还说谁都不知？"人不论做什么事，都要有"影随其后"的思想准备。懂得"形影不离"的道理，就知道要多做好事，不做坏事。只要是做有益于国家、人民的事，就不要怕这怕那，要相信会有正直的"影子"，会有公正、公平的"影响"。

（十七）

柳宗元《敌戒》一文，值得一读。该文开篇便提出敌人存在有利有益："皆知敌之仇，而不知为益之尤；皆知敌之害，而不知为利之大。"何以这样说？柳宗元举了若干例子，其一是秦国："秦有六国，兢兢以强；六国既除，訑訑乃亡。"这又是怎么回事呢？其原因是："敌存而惧，敌去而舞，废备自盈，只益为瘉。敌存灭祸，敌去召过。"天下事物之间，是一种对立统一的关系。矛盾的双方，是动态的"对立"，又是动态的"统一"。旧的矛盾消失了，新的矛盾会以新的形式出现。矛盾是永恒的，不同矛盾的表现形式是不同的。

矛盾是有新旧、主次之分的，新矛盾和旧矛盾，主要矛盾与次要矛盾，是交替、变化甚至并存的。比如主要矛盾，在一定条件下，可能会变成次要矛盾，而次要矛盾，会在一定条件下成为主要矛盾。鱼在水中，春夏天气暖和，食物缺乏是生存中的主要矛盾；秋冬天气变冷，找不到越冬之地便成为主要矛盾。社会生活亦通此理。

杜牧在《阿房宫赋》中讲过："灭六国者，六国也，非秦也；族秦者，秦也，非天下也。"这与柳宗元《敌戒》中的道理有共通之处。六国之亡，虽是有敌手之亡，但也是某种

"自亡"；秦国之亡，猛看去是无敌手之亡，实际上是敌手从国外转到了国内。秦之亡，是在灭掉六国之后，没有注意国内社会矛盾已激化到一定程度，新危机已经潜伏和形成，主要矛盾已非秦国之外，而在秦国国内。

说敌人存在有"利"有"益"，并不是说，要提倡树敌，或者树敌越多越好，而是讲看见了敌人，认清了敌人，会保持警觉戒备，会采取御敌之措施，会调动一切力量去应对敌人从而保存自己。"无敌"之害，并不是真的"无敌"，而是客观上明明"有敌"主观上却不知不觉敌人之存在，毫不警惕，毫不防备，只会在突如其来的袭击中败北。

穷困的敌人是穷困，富贵的敌人是富贵。这个结论很辩证。从穷困中挣脱，人需要有不甘穷困的志气，需要勤奋、勤劳、节俭、兢业，而实现富贵目标后，人如放松自励自警，便会在颓废、享乐中走向反面，富贵便成了击败自己的"新敌"。

"敌存而惧，敌去而舞"，人类社会的这种现象，并不少见。"惧"而有备，尚存；"舞"而无戒，会亡。正所谓"生于忧患，死于安乐"。

"螳螂捕蝉，黄雀在后。"这句成语，值得人们牢记永思。

（十八）

柳宗元所写《种树郭橐驼传》一文读起来很有意思。作者笔下的主角，是一个普通且腰弯背驼的种树人，此人是种树的行家里手，更有一套如何让树木成活、成长、成材的"理论"。这"理论"的精华，是四个字：顺其自然。

"驼业种树，凡长安豪富人家为观游及卖果者，皆争迎取养。视驼所种树，或移徙，无不活，且硕茂、早实以蕃。他植者虽窥伺效慕，莫能如也。"这一段，讲的是郭橐驼种树的功底。

那么，别人学不到的"本领"是什么呢？郭橐驼讲得很平实："凡植木之性：其本欲舒，其培欲平，其土欲故，其筑欲密。既然已，勿动勿虑，去不复顾。"这种顺其自然，看似懒惰之法，实则发现了植物生长的内在规律，"其本欲舒，其培欲平，其土欲故，其筑欲密"，就是这规律的概括和总结。

有人问郭橐驼，将他的种树之道"移之官理"，该怎么看？郭橐驼谦虚了一番，还是亮出了自己的看法："我知种树而已，理，非吾业也。然吾居乡，见长人者好烦其令，若甚怜焉，而卒以祸。旦暮吏来而呼曰：'官命促尔耕，勖尔植，督尔获；早缫而绪，早织而缕，字而幼孩，遂而鸡豚。'鸣鼓而聚之，击木而召之。吾小人辍飧饔以劳吏者，且不得暇，又何以蕃吾生而安吾性耶？故病且怠。若是，则与吾业者，其亦有类乎？"

柳宗元借种树人郭橐驼之口，抨击的是官场之弊，社会之弊，也是官民关系之弊。此文题目虽是《种树郭橐驼传》，但实则是一篇《官戒》。品读此文，也使人想起王充在《论衡》中"知屋漏者在宇下，知政失者在草野"的名言。"蕃生"、"安性"，宜遵循客观规律，是植树之理，也是治天下之要。看到了这一点，才能体味作者为植树人立传的良苦用心。

（十九）

《晏子春秋》中载："景公问晏子曰：'为政何患？'晏子对曰：'患善恶之不分。'公曰：'何以察之？'对曰：'审择左右。左右善，则百僚各得其所宜，而善恶分。'孔子闻之曰：'此言也信矣！'善进，则不善无由入矣；不善进，则善无由入矣。"

晏子，姓晏名婴，字平仲，历仕齐灵公、庄公、景公三朝，于齐景公四十八年（公元前500年）辞世。晏子的主张，归纳起来有四点值得关注：一是主张仁政，薄赋役，重节俭，将人力、物力、财力用于国计民生上；二是主张德治，轻刑罚；三是主张爱民，听民情，尊民意，体恤民间疾苦；四是主张君臣之间有不同意见要交流，要"和"，但可以"不同"，力争达到臣贤君明的境界。

齐景公与晏子谈为政之患，讲的是根本性问题。善恶不分，危害甚大。人之本性上，有善的一面，亦有恶的一面。扬善抑恶始终是人生、人世强调修养、教化的目的。分善恶，是扬善抑恶的前提和基础。普通人不分善恶，危害不小；为君为臣不分善恶，危害更大。晏子给齐景公开的方子是慎重选择好身边的人，也就是"近臣"，这些人知善知恶，就会影响百官众僚，形成一种善进恶退的政治氛围。

晏子讲的道理是深刻的。其实，除了慎重选择左右，还有一个办法，那就是从史中借鉴，引以为戒。司马光在编著《资治通鉴》时曾以"鉴前世之兴衰，考当今之得失，嘉善矜恶，取是舍非"为己任，表明了著史者的职责。"嘉善矜恶"的作用，在为政者懂得"以史为鉴"时，可以得到充分的发挥。

欲扬善抑恶，欲进善退恶，必先知善知恶，识善识恶。普通人做人做事如此理，为政者治国安邦，亦如此理。

（二十）

南朝史学家沈约活了74岁，一生经历了宋、齐、梁三朝。

他对史学的贡献，主要是写了《宋书》。读他的著作，印象最深的一句话是："役己以利天下，尧、舜之心也；利己以及万物，中主之志也；尽民命以自养，桀、纣之行也。"(《宋书》卷六《孝武帝纪》赞)

沈约这个上、中、下"三分法"，虽然只算是对封建时代政治家评价的"一家之言"，却涉及到了评价政治的重大问题。政权是为统治者自己服务还是为天下人服务？封建时代政治家，执权柄，发号令，人分几等？辛劳了自己而做出了有益于天下百姓的事业，是可贵的"上选"；"利己"同时也让天下人沾了光，是勉强的"中选"；苦尽了天下人而只顾自己享乐，是可耻的"下选"。

《长短经》中曾把"臣道""一分为二"，即"正臣"和"邪臣"。在此基础上又"各分为六"，将"正臣"分为"圣臣"、"大臣"、"忠臣"、"智臣"、"贞臣"、"直臣"六种，将"邪臣"分为"具臣"、"谀臣"、"奸臣"、"谗臣"、"贼臣"、"亡国之臣"六种。相比之下，沈约这个评价体系，够"简单"的了，至少猛一看不复杂。用这把尺子，衡量封建时代每一位从政者，功过是非，一笔笔地核算，恐怕就不那么简单了。尽管如此，沈约还是将三种选择方案摆在人们面前，选上，选中，选下，真还是个明确的提醒。这样的提醒，有总比无强，多总比少强。

（二十一）

《博物志》是晋人张华撰写，该书内容庞杂，涉及地理、物产、动植物、药理、文籍、历史、奇闻、杂说，总起来讲，也是一部志怪小说。《地理略自魏氏曰巳前夏禹治四方而制之》一文，是该书里的一篇，文中有这么几句话，耐人寻味："中国之域，左滨海，右通流沙，方而言之，万五千里……尧舜土万里，三代时七千里，此后亦无常，随德劣优也。""中国"一词，最早见于《尚书·梓材》中："皇天既付中国民，越厥疆土，于先王肆。"古人讲"中国"，有时是讲中原地区，并非真正意义上之完整之中国。中国的地域，从古至今，多经变迁，这也是不争的事实，各民族的不断融合，中华民族大家庭越来越兴旺团结。《博物志》中将中国地域的变化，归于"随德劣优"，很值得研究。中国的疆域，是各民族共同拓展的，团结和睦的中华民族文化的强大凝聚力，始终是历史演进的核心。这"德"既有"团结、和睦"的内涵，又有政体顺应历史潮流和大众意愿的内质。中国的历史经验也证明，凡是各民族团结和睦，政通人和，国家就统一富强，反之就分裂衰落——这是"德"之优劣的具体体现。

（二十二）

《晏子春秋》中记述了晏子曾批评齐景公"不乐治人而乐治马，不厚禄贤人而厚禄御夫"，齐景公接受了晏子的意见。赏罚不当与赏罚不明同样有危害。赏罚是要树立一种标准或导向，不够受奖受赏资格的得到了奖赏，会产生一种严重的副作用：别人那样干便可得到这样的奖赏，那好，大家今后再不用勤勉清廉地做事了；做了坏事的人得到了奖赏，会带来更恶劣的影响：这样的人也能得到奖赏，那别人为什么要克己严己呢？

奖赏，要者有三：赏名誉，赏钱财，赏职位。奖赏不当，这每一种赏，都会产生巨大的后患，尤其是赏职位。授职得当，利国利民；授职不当，祸国殃民。职当其人，其人胜任，国幸民幸；职不当人，其人失职，国损民损。

罚的道理也如此。当罚者不罚不行，不当罚的罚了不行，罚轻罚重失当也不行。

赏罚，要分明；赏罚，要得当。这是晏子谏齐景公"不乐治人而乐治马，不厚禄贤人而厚禄御夫"带给后人的启示。

（二十三）

李斯《谏逐客令》是一篇观点精辟而又辞采华茂的政论范文。有一段话给人印象最深："臣闻地广者粟多，国大者人众，身强者则士勇。是以泰山不让土壤，故能成其大；河海不择细流，故能就其深；王者不却众庶，故能明其德。"这段话写得确实很有气势，且有极强烈的劝导感染力。

秦国由弱变强实现了统一国家的目标，聚天下人才，合四方物力，是重要成因。"有容乃大"，泰山如此，江海如此，政治家亦如此。"战时用才，平时用德"，这种观点实际上是善于用人的一种体现。"王者不却众庶"，是政治家的胸怀。天下人，业从三百六十行，智有天分差别，才德大小不同，如果用"整齐划一"标准，恐无可用之人。李斯不是秦国人，他虽然在后来掌握权柄后暴露了品质上的缺陷，如因迷恋权力而依附赵高拥立胡亥，而给人留下"言行不一"的印象，但总体来讲，功大于过，尤其是《谏逐客令》，给后来政治家如何聚拢天下人才，如何开阔视野和心胸，起到了重要的启发作用。

（二十四）

《商子》中说："王者刑赏断于民心，器用断于家。治明则同，治暗则异。同则行，异则止。止则乱。治则家断，乱则君断。治国者贵下断，故以十里断者弱，以五里断者强。家断则有余，故曰：'日治者王。'官断则不足，故曰：'夜治者强。'君断则乱，故曰：'宿治者削。'故有道之国，治不听君，民不从官。"

这段论述，有四个要点：一、奖罚规则是否合理，百姓心中有杆秤；二、上下之间，"同"与"异"，取决于政治是否开明，试金石在"下面"手里；三、治理国家，政通人和，贵在"基层"，决断是非，贵在于"基层"将问题解决；四、提出了"日治者王"、"夜治者强"、"宿治者削"的观点，从治国办事效率角度，折射出国运兴衰。作者最后所言"治不听君，民不从官"，是理想化的境界，恐怕只有到了人类社会最发达阶段才能实现。"有道之国"中的"道"，是指人的思想道德水平，还是指法度规则？这个"道"一定不是建在空中楼阁之上，而是社会进步、经济发展、人民富足到一定阶段的"产物"，只有这样，这个"道"才能存在和发挥作用。

（二十五）

贾谊曾给汉文帝上疏，提出抑制诸王势力、巩固汉室统治之策。贾谊说："人主之行异布衣。布衣者，饰小行，竞小廉，以自托于乡党邑里。人主者，天下安社稷固不耳。""故大人者，不怵小廉，不牵小行，故立大便，以成大功。"

这番话所说的"异"，是不是说为政者可以有另一种处世为人的"标准"？比如说普通人应有的善良、真诚、爱心，在政治人物，可以有所不同？

其实，"人主"与"布衣"在处世为人原则上，不应有本质的区别。《论语》中"政者，正也。子帅以正，孰敢不正"，讲的就是"上梁正"才使"下梁不歪"的道理。人世间绝不应当存有"双重标准"。如果为政者自行一套标准，老百姓执行一套标准，后果不堪设想。贾谊讲的"人主之行异于布衣"，应是"大"与"小"的差别。有"大德"、"大廉"、"大节"、"大行"，才能济天下众生之利益，才能让百姓拥有安宁、祥和、稳定的社会生活。

"天下安"、"社稷固"，这是人间正道。为政者的一切言行，应以此为出发点和落脚点。官无大小，都循此理。在这过程中，用什么样的方式、途径实现这一目标，就是个从政艺术问题。政治人物有时做的决策，采取的行动，功过得失不只看当时，还要看以后，甚至是"政声人去后"。"不牵小行，以成大功"，这一看法，为从政者选择独特方式处理政务，提供了启示。

（二十六）

《后汉书》中记述了第五伦的故事。据《第五钟离宋寒列传》载："伦奉公尽节，言事无所依违。诸子或时谏止，辄叱遣之，吏人奏记及便宜者，亦并封上，其无私若此。""或问伦曰：'公有私乎？'对曰：'昔人有与吾千里马者，吾虽不受，每三公有所选举，心不能忘，而亦终不用也。吾兄子常病，一夜十往，退而安寝；吾子有疾，虽不省视而竟夕不眠。若是者，岂可谓无私乎？'"

第五伦这个人，在外人看，已属"大公无私"了；而他自己剖析，依然找出些许"私心"来。这类"私心"，外人是不知的，然而他自己知道。可贵的是，第五伦自己能够说出来，敞亮了心扉。其实，第五伦举的这两个表示其有"私心"的事例，正说明了"人非草木，孰能无情"的道理。以有情之人，面对人事人世，一点点的"私心"都没有，是不可能的。问题的关键，是要在原则上、是非上、大节上，把奉公放在首位，就是把国家和人民的利益放在首位。这个前提坚持住了，事情也就好办了。历史上一些大奸大贼出问题就出在了这里。大奸大贼不是不该有"人之常情"，而是泯灭了"人之常情"，他们贪赃枉法、鱼肉百姓、残害忠良、制造祸端，完全是"大私无公"了。从第五伦的自我剖析，后人不仅能受到教育，也可从中得到深刻的感悟。

（二十七）

《史记》卷四十六《田敬仲完世家》中，讲了梁惠王与齐威王"比宝"的故事："二十四年，与魏王会田于郊。魏王问曰：'王亦有宝乎？'威王曰：'无有。'梁王曰：'若寡人国小也，尚有径寸之珠照车前后各十二乘者十枚，奈何以万乘之国而无宝乎？'威王曰：'寡人之所以为宝与王异。吾臣有檀子者，使守南城，则楚人不敢为寇东取，泗上十二诸侯皆来朝。吾臣有盼子者，使守高唐，则赵人不敢东渔于河。吾吏有黔夫者，使守徐州，则燕人祭北门，赵人祭西门，徙而从者七千余家。吾臣有种首者，使备盗贼，则道不拾遗。将以照千里，岂特十二乘哉！'梁惠王惭，不怿而去。"

梁惠王与魏惠王是同一个人。他生于公元前400年，卒于公元前319年，姓姬，魏氏，名䓖。战国时魏国君。公元前341年，被齐军大败于马陵，国势衰落。后自安邑迁至大梁，故也称梁惠王。

这段记述，反映了齐威王与梁惠王对何者为宝认识上的差别。在梁惠王心目中，宝者为物品；在齐威王心目中，宝者为人才。距今两千多年前的这次郊外猎场上的思想冲突，在此后的年月里，一直没有停止。如齐威王看重人才者有，似梁惠王目光短浅者亦不少。齐威王举檀子、盼子、黔夫、种首等人的作用，如数家珍，且有一种"富有者"的自豪感。相比之下，梁惠王的"径寸之珠"，则显得暗淡无光了。普天之下，人才为第一重要。治国之要，在于得才用才。作为政治家，善于发现和使用人才，是治理天下的关键。《后汉书·章帝纪》中有"明政无大小，以得人为本"之句，出自章帝之口。读此处，使人联想。"得人"，内涵有两重：一是得人心，政者正也，政令、政策维护了大多数人的利益，就会赢得大众的支持和拥护。二是得人才，"得道多助，失道寡助"，行正义之道，开明之政，加上善于使用人才，就会聚集起强大的从事伟大事业的创建力量。得人心者得天下，得人才者治天下。这两句话看似相同，也还各有侧重。合起来讲，可以叫"得人"。

"政通人和",讲的是"政"和"人"的关系。"通"与"和",讲的是"过程"也是"结果"。"通"不只是号令通畅,还应有政合时宜、政得人心的意思。"和"字,既是讲人际间融融之情,又是上下左右齐心协力共成事业的旺盛士气。由此看,"明政无大小,以得人为本",可谓言简意赅。欲得人之才,须先得人之心;欲固人心,须尽其才。

得人心者得天下,得人才是得人心的重要体现和重要保障。不得天下人心者,如何得天下人才?不善用天下贤能者如何平治天下?没有天下的安富,又如何得天下人心?从这个意义上讲,齐威王对"宝"字的理解是无比深刻的。

(二十八)

《吕氏春秋》中讲过这样一则故事:"晋文公伐原,与士期七日。七日而原不下,命去之。"谋士言曰:"原将下矣。"师吏请待之,公曰:"信,国之宝也。得原失宝,吾不为也。"遂去之。明年复伐之,与士期,必得原然后反,原人闻之乃下。卫人闻之,以文公之信为至矣,乃归文公。故曰:"攻原得卫者,此之谓也。文公非不欲得原也,以不信得原,不若勿得也。必诚信以得之。归之者非独卫也。"

晋文公的守信,得到了报偿,也成了千古佳话。晋文公以信为国之宝，反映了他不同于一般国王的远见卓识，这也从一个侧面解释了晋文公为何能成为"春秋五霸"。为政之本，是争取最大多数人的拥护，为政者有信用讲信用，老百姓就对未来有一种稳定的预期，拥护的人自然就更多。

攻城用"信"，而非用"兵"，这是战争史上的一大奇迹。晋文公的这一招，细一想，其实是一种计谋。到手的城而不得，因过了约定的七日，叫守信。晋文公明的是讲给自己的部将听的，实际上也是说给原国人听的。再定攻城目标，定为非拿下不可，话是说给自己人听的，实际上也是说给原国人听的。原国人害怕，于是就投降了。晋文公要"三全其美"：既不失信用这个"宝"，又兵不血刃得了原国，更"攻原得卫"，这是何等的聪明！

卷二

- 人生几何，当分几段？古人的提醒值得深思。

- 作为人，靠"察言观色"说话行事，是正当的"保身之道"还是一种自私的选择？以社会公众利益为重，这是人际交往时说话行事的出发点和落脚点。

- 人类内心世界的完善速度实际上远远跟不上人类所创造的身外物质条件的变化速度。

- 人从仇人身上看到"纯恶"、"全黑"，只需带着仇视的情感就行了，而要从仇人身上看到"恶中之善"、"黑中之白"，则必须拥有足够的理智。

修身与自悟

（一）

人生几何？当分几段？古人的提醒值得深思。

《淮南子》讲："凡人之性，少则猖狂，壮则暴强，老则好利，一人之身既数变矣。"《论语》中讲："君子有三戒：少之时，血气未定，戒之在色；及其壮也，血气方刚，戒之在斗；及其老也，血气既衰，戒之在得。"

《淮南子》和《论语》中都将人生分成三段，且对每一段的"定性"都差不多。区别在于《论语》不仅点出了人在每一阶段容易出现的毛病，还提出了"戒"字，要人们防止这些毛病作祟。如《淮南子》讲"少则猖狂"，《论语》讲"少之时，血气未定，戒之在色"。

"一人之身既数变"，不仅说明了社会环境对人一生的影响，也反映了一种近乎自然的人生轨迹。人由年幼至年老，是大自然不可抗拒的规律。就每个人而言，一生功过是非各有一本"明细账"。就所有人来说，大体上还有些共同的

"病区"，且分布于不同年龄段，这就很值得注意了。

生活中常听到这样那样对某个人的议论，或议其狂躁，或议其骄横，或议其好斗，或议其贪婪，这似乎都是作为"个案"来谈的，而较少从"共性"上分析。"修身"之道，根本上是为了解决人身上的这些可能是天生的弱点；"法治"之术，目的也是为了削减、防范人身上这些可能是与生俱来的毛病。

"三段论"是否完全准确，人们还可以再作探讨，但由于它勾画了人生历程中一些基本的轨迹，也就为人类寻找"扬长避短"的途径提供了生理和伦理的依据。这也告诉我们：人不仅是有毛病的，有弱点的，而且不同年龄段会有一些"共性"的毛病和弱点。这不仅提出"修身"之必要，"法治"之必要，还提出在不同人生阶段，要重点防范、普遍医治的"弱点"和"毛病"也会不同。发现事物的规律性是可贵的，而按照事物的规律性因势利导，有所作为更加可贵。人身上有弱点、毛病并不可怕，可怕的是社会没有形成防范、医治这些弱点、毛病的氛围和具体措施、办法。

（二）

柳宗元在《三戒》中讲了三个寓言故事，即麋的故事、驴的故事、鼠的故事。深层含义，讽刺了那些蠢笨无知、贪婪无比的封建官吏之辈。讲这三则寓言故事，作者先铺垫了一段话："吾恒恶世之人，不知推己之本而乘物以逞，或依势以干非其类，出技以怒强，窃时以肆暴，然卒迨于祸。有客谈麋、驴、鼠三物，似其事，作三戒。"这里重在"依势以干非其类"、"不知推己之本而乘物以逞"这两句。

三种动物，各有自己的遭遇：

——麋者，"忘己之麋也，以为犬良我友"，结果离开猎户家门便被"外犬"所食，"麋至死不悟"；

——驴者，"庞然大物也"，开始老虎"以为神"，渐渐明白了它不过是怒而会踢的东西而已，便扑上去，"断其喉，尽其肉"；

——鼠者，遇到了两个态度迥异的主人，前者"爱鼠，不畜猫犬，禁僮勿击鼠"，鼠便肆无忌惮；后者"假五六猫，阖门撤瓦灌穴，购僮罗捕之"，鼠遂遭灭顶之灾。

柳宗元讲的这三种动物，各有其所"不知"。麋不知犬的本性，驴不知虎在黑暗中的窥视带来的杀机，鼠不知主人变化的后果，这种不知己又不知彼，下场也就可想而知了。"不要忘了自己是谁"，这是社会生活中常听到的一种警语。危在旦夕而自己浑然不知不觉，这种"忘了自己是谁"的蠢笨,不只是麋、驴、鼠的"专利",还有更为广泛的同类。

(三)

《淮南子》讲:"故善战者不在少,善守者不在小。胜在得威,败在失气。夫实则斗,虚则走,盛则强,衰则北。"这番话,讲明了"志气"的"有形"和"无形"。

征战也好,做事也罢,面对困难,甚至是凶险境地,不同的精神状态,往往有不同的结局。辩证唯物主义,看重客观条件、客观环境的作用,同时也从不忽视人的主观能动性。同样的客观条件和客观环境,不同的人去做,不同的方法去做,不同的心态去做,效果常相迥异。"胜在得威,败在失气",这里强调的是人的心志的力量。

当胜的,心败了,必败;当败的,心胜了,未必败。《淮南子》中这番道理,说给只有不足百年生命旅程的人来听,如若品不出其中的滋味,那真是一种悲哀。

(四)

酒后的故事,在醉醒难辨、昏明不分中,说不尽,道不完。《三国志》载:"权既为吴王,欢宴之末,自起行酒,翻伏地阳醉，不持；权去，翻起坐。权于是大怒，手剑欲击之，侍坐者莫不惶遽，惟大司农刘基起抱权谏曰：'大王以三爵之后手杀善士，虽翻有罪，天下孰知之？且大王以能容贤畜众，故海内望风，今一朝弃之，可乎？'权曰：'曹孟德尚杀孔文举，孤于虞翻何有哉？'基曰：'孟德轻害士人，天下非之。大王躬行德义，欲与尧、舜比隆，何得自喻于彼乎？'翻由是得免。权因敕左右：'自今酒后言杀，皆不得杀。'"

这段描写，惊心动魄，也颇生动。孙权的一时糊涂，大臣虞翻的危险处境，大司农刘基的挺身而出和仗义执言，使这一幕活剧颇为引人注目。更精彩的是，孙权和刘基谈到了曹操杀孔融，孙权本来想以曹操的行为为自己找"台阶"，刘基偏要以"大王躬行德义"劝孙权不要在此与曹操"看齐"，刘基的智慧加胆识，不仅搭救了虞翻，更维护了孙权的声名。孙权彻悟，明令酒后禁杀人，算举一反三，也为这一事件画上了圆满的句号。

酒后失态、失言、失德，甚至酿成罪过，古今中外事例很多。读《三国志》孙权醉酒的记述，可使人受到教益。如何避免酒醒后的后悔，实是喝酒人举杯前不能不想的重要问题。

（五）

孔子曰："待于君子有三愆：言未及之而言谓之躁，言及之而不言谓之隐，未见颜色而言谓之瞽。"这三种过失，被孔子分别列为急躁、隐瞒、瞎子。要避免这三种过失，必须掌握好"度"，也就是要讲"火候"。什么"度"和"火候"？就是说话的"度"和"火候"。

讲话的确有个艺术问题。从良好的愿望出发，用最有利于实现这种愿望的方式表达，讲话的艺术就在其间了。

孔子这里说的道理，不能说不对，也不能说全对。跟比自己职位高的人说话，说早了不行，该说不说不行，说的不是时候也不行，这是比较难以把握的。从另一个角度看，人与人这样相处，双方是否听得到真实的情况，确实又要打问号了。因为许多心音被隔绝掉了。

孔子教人做的，又好像是"护身术"。一个人，一个正直的人，不论为国为民，也不论为朋为友，"直言"、"坦言"、"诚言"是第一位的。而"当讲"、"不当讲"，"该说"、"不该说"，考虑过多了，遇到关键时刻，恐怕就要误事了。作为人，靠"察言观色"说话行事，是正当的"保身之道"还是一种自私的选择？以社会公众利益为重，这是人际交往时说话行事的出发点和落脚点。"察言观色"对个人或许有些益处，但于国于民，于朋于友，未必是幸事。"忠言逆耳，良药苦口。"对任何一个人来说，听到客观的评价和叙说，作出正确的判断和选择，是最为幸运的；而听不到真切的声音，生活中充满了假话的杂音，该是一种什么样的悲哀？真切的声音里，主旋律总会是美好的，最为动听的音乐就是世间一切美好声音的凝炼和升华。

（六）

《三国志》记载：山东人王粲有"强记"的特殊能力，王粲"观人围棋，局坏，粲为覆之。棋者不信，以帊盖局，使更以他局为之。用相比较，不误一道"。从古至今，都有些类似王粲这些"超常"的人物，做一些平常人做不到的事，如今日所说的"特异功能"。

人的各方面能力，客观上是有差别的。如默记能力，有人强一些，有人弱一些。这中间，也有个别极强的人，如王粲之类，他们能够达到常人完全做不到的地步。但是，这不是需要神化的理由。世间人的智力，一般认为有高智、平智、低智、弱智之分。在高智之前，有没有"强智"这一档，大概会有。既有"弱智"这种极端，也就有"强智"这一档项。

五类分法有利于人们解释各种特殊人物的特殊本领，不至于将人生理上、智力上的功能和作用神化了。要认识到，他们不过是人类智慧链条上的一环而已。我们应该同情和帮助弱智者，也可以赞美和敬慕强智者的风采，唯一不该做的是将本属于人类的一部分人毫无道理地推出圈外，将他们神化后变成"外星来客"，这样做，既不利于正确认识人类自己，也失于荒唐和幼稚。

（七）

疏广教子的故事，见于《汉书》。疏广官至太傅却"知足而退"。他对官场进退，有书中读来的"理论依据"："知足不辱，知止不殆"，"功遂身退，天之道"。告老还乡时，皇上"加赐黄金二十斤"，皇太子"赠以五十斤"。

钱有了这么多，怎么个花法？疏广的办法很特别。《汉书》载："广既归乡里，日令家共具设酒食，请族人故旧宾客，与相娱乐。"不仅如此，还"数问其家金余尚有几所，趣卖以共具"。疏广如此"开销"，引得子孙不安，他们找人劝疏广还是把钱置办成田产为好。疏广心里一点也不糊涂，他对劝者说："吾岂老悖不念子孙哉？顾自有旧田庐，令子孙勤力其中，足以共衣食，与凡人齐。今复增益之以为赢余，但教子孙怠惰耳。"疏广接着讲了富有哲理的推论："贤而多财，则损其志，愚而多财，则益其过。"结果呢？疏广继续摆置酒宴，与族人和乡亲们娱乐，大家也对他的良苦用心有了认同，他得到的评价也更高了。

疏广在"钱财"与子孙之间，做了一个明智的选择，他舍弃的是钱财，爱惜的恰是子孙。这种爱不同凡俗，开始也不被人理解，包括子孙们也不理解。疏广的眼光可谓长远。"勤力其中，足以共衣食，与凡齐"，这个标准，看似不高，但对有钱人家而言，做到这一标准，使子孙后代健康永续发展，又很艰难。疏广看见了这种艰难，才做出了与族人故旧宾客把金钱"吃掉喝掉"，而不留给子孙的非常之举。"吃掉喝掉"的舍财办法不见得最好，但居安思危是公理，治家犹如治国，疏广提醒后人的理念重要而深邃。

《菜根谭》开篇几句话是："栖守道德者，寂寞一时；依阿权势者，凄凉万古。达人观物外之物，思身后之身；宁受一时之寂寞，毋取万古之凄凉。"

作为《菜根谭》的作者，洪应明生活在明嘉靖、万历年间，他的一生是在平淡沉寂中度过的。《菜根谭》是领悟处世之道的书。在洪应明之前，有文字记载的历史已有数千年，在他之后，有文字记载之历史不知还要有多久。在洪应明之前,"寂寞一时"的人不少,"依阿权势者"亦不少,在他之后,两类人物还会各自涌现和表现。以"性定"为要旨的洪应明,选择的是"宁受一时之寂寞"。他的看法是:"势力纷华,不近者为洁,近之而不染者为尤洁;智械机巧,不知者为高,知之而不用者为尤高。"

(八)

"贱近而贵远",算是许多人身上的大毛病之一。柳宗元叹道:文人和艺术家"生则不遇,死而垂声者,众矣!"桓谭曾说:"世咸尊古卑今,贵所闻,贱所见也,故轻易之。"

《汉书·扬雄传》载:"时大司空王邑、纳言严尤闻雄死,谓桓谭曰:'子尝称扬雄书,岂能传于后世乎?'谭曰:'必传。顾君与谭不及见也。凡人贱近而贵远,亲见扬子云禄位容貌不能动人,故轻其书。昔老聃著虚无之言两篇,薄仁义,非礼学,然后世好之者尚以为过于《五经》,自汉文景之君及司马迁皆有是言。今扬子之书文义至深,而论不诡于圣人,若使遭遇时君,更阅贤知,为所称善,则必度越诸子矣。'"

桓谭生于公元前33年,卒于公元39年,是东汉哲学家。他因反对谶纬神学,被汉光武帝视为"非圣无法"。

扬雄生于公元前53年,卒于公元18年,是西汉著名哲学家，也是著名的辞赋家、语言学家。在哲学上，他提出了以"玄"作为宇宙万物根源的学说。主要著作有《太玄》、《方言》、《扬子云集》等。

桓谭活72岁，扬雄活71岁。桓谭比扬雄晚出生20年，比扬雄多留世间21年。桓谭对扬雄的评价，是在扬雄死后说的，想必比较客观和超脱。可惜，对这比较客观的评价，扬雄本人是听不到了。

一些人有"贱近而贵远"的毛病，是有客观原因的。

原因之一：一些人物和观点，站远些看，反倒看到了全貌，看到了内在，看到了各个侧面；

原因之二：许多利害关系，在近处会有灼热感，而在远处，人们有了恒温的环境，感觉不到利害上的滚烫度了；

原因之三：身在"剧中"，对同台演出的角色，许多时候是彼此熟知的，但囿于当时的"舞台环境"，人们无法客观进行评价。

可能还有其他的原因。无论如何，把公正地看人论事的希望交给后人和局外人，总不是一种完美的境地。《菜根谭》中有这么几句话："得趣不在多，盆池拳石间，烟霞俱足；会景不在远，蓬窗竹屋下，风月自赊。"

领悟这番话的内涵，恐不能简单用"知足者常乐"来诠释。生活的乐趣，山光水色，清风明月，相当多的时候就在我们身边，就在平平淡淡的日子里。而又有相当多的时候，我们会被远处的一切所吸引，不辞劳累，甚至流逝生命，去盲目追寻。于日落时分，在余晖将尽的边缘，才恍然大悟：呀，原来自己追寻的一切，竟在眼前足下！

"贵远贱近"的毛病，同样影响着人们日常的生活。如人间亲情，在父子（女）、母子（女）、兄弟姐妹间，在同事间，在邻居间，都火热地蕴藏着，你只要去发现，去享用，就会有无限的人生幸福。这最邻近的幸福，却往往被钱财和种种利害冲淡，到头来，只落得痛悔不已。

（九）

《淮南子》中有一句话，说得过于深奥，"故重为善若重为非，而几于道矣"。这句话是说，把做好事看得像做坏事一样的严重，不过于随意和草率，就同道接近了。在一些人看来，只有存心做坏事的人应受到惩罚和谴责，而只要是做好事，无论大小都应当肯定和鼓励。从道理上讲，这么看问题似乎没有错。但从古今中外的经验和教训看，所有成为结果的"坏事"，也由两部分构成：一部分是有人存心办的坏事，出发点是"坏"，落脚点也是"坏"；一部分则是好心办的坏事，出发点是"好"，落脚点是"坏"。从比例上讲，前者和后者孰多孰少，孰大孰小，孰重孰轻，还真难用"五五分"、"四六分"、"三七分"来统计。不过，可以肯定地说，相当一部分于国家于大众有害的坏事，原本却是好心所致。

好心办了坏事，"是"变成了非，"白"变成了"黑"，"乐"变成了"悲"，从时间上说，或长或短，都有一个"过程"。往往是开端尚好，结局不佳。归纳起来，一是"好心"违背了客观规律，犯了唯心主义毛病，把复杂的客观世界理想化、简单化了，以为凡事心想便可事成；二是有"好心"没有"好办法"、"好途径"、"好措施"，实现"好心"缺乏必要的保障和实施的手段；三是没有"应变之策"、"应变之术"，事物在发展变化过程中，会有许多新情况、新问题，"运营"起来，就要有对应"变数"的"变策"、"变术"，否则，就会遇"变"无策、无术，使"好心"始不同终。

"不苟一时之誉，思为利于无穷"，欧阳修《偃虹堤记》中的警句当牢记。防止"好心办坏事"，最关键的，是要认真、科学、客观地对待每一个"好心"的"启动"。办好事要从长计议，要有如临深渊、如履薄冰的危机意识，也要有深思熟虑、胆大心细的大将风范，还要有见机行事、适时而变的灵活性，如此作为，世上"好心"可能被"精简"掉一些，但经

"精简"后的"好心"一定会有"好果",于世善哉!

(十)

苏章是个明事理的人,他的一个故事载于《后汉书》:"顺帝时,迁冀州刺史。故人为清河太守,章行部案其奸臧。乃请太守,为设酒肴,陈平生之好甚欢。太守喜曰:'人皆有一天,我独有二天。'章曰:'今夕苏孺文与故人饮者,私恩也;明日冀州刺史案事者,公法也。'遂举正其罪。州境知章无私,望风畏肃。"

对故交犯法的事情,该怎么处置?苏章有苏章的"章法"。苏章处理"私情"、"公事",看上去算是圆满、得体,但也很让人思量。

过了一千多年,我们很难想象当年"人旧酒新"的场景,面对"私恩"、"公法",那位清河太守的心境究竟如何,冀州刺史苏章的心境如何?人生在世,许多事都难以"两全其美",苏章这种"分两步走"的做法,将"私""公"巧妙地"切开"又"融通",实在不合常规,但又合乎情理。

苏章处理涉及故交的案子,怎么做,有三种选择:一是铁面无私,二是徇私枉法,三是公私分明。他选择的是第三条路子,于上于下于人于己,可谓都能接受。这种"一副心肠两副面孔",是一般的见识难以理解的。苏章的做法,"真诚"的成分有多大外人很难揣想,但其独特的"解套办法",给后人留下的东西,是很见功底的。

(十一)

《史记·货殖列传》载:周人白圭,"乐观时变,故人弃我取,人取我与。夫岁孰取谷,予之丝漆;茧出取帛絮,予之食"。白圭经商,有自己的理论:"吾治生产,犹伊尹、吕尚之谋,孙、吴用兵,商鞅行法是也。是故其智不足与权变,勇不足以决断,仁不能以取予,强不能有所守,虽欲学吾术,终不告之矣。"显而易见,白圭把经商之道"升华"了,这里,已不只是"贱买贵卖"和"多存寡出"了。

做买卖的人要具有伊尹、吕尚、孙子、吴起、商鞅这些人的智慧和才干,这个标准够高了。只有"智"、"勇"、"仁"、"强"到了一定水平,才能触及经商的要领。司马迁在《史记》中有"富无经业,则货无常主;能者辐凑,不肖者瓦解。千金之家比一都之君,巨万者乃与王者同乐"这番话。这是针对从事不同职业但都致富有方的某些人说的,他们中间有耕田的,有盗墓的,有赌博的,有做买卖的,有磨刀的,有医马的,等等。司马迁这样记述,最深刻的道理,是八个字:

"富无经业","货无常主"。这是"有"与"无"的辩证法。财富可以从不同途径来,任何人只要"诚卖",便可成功;财富又处于流动状态,它从张三手里到李四手里,从甲城到乙城,"居无定所"。人在财富面前,如何掂量轻重呢?白圭显然是懂得这些道理的。

白圭"跳"出买卖谈买卖,赋予经商过程以文化的内涵,很有独到之处。经商是要赚钱的,但经商的最高境界不是赚钱。白圭"能薄饮食,忍嗜欲,节衣服,与用事僮仆同苦乐,趋时若猛兽挚鸟之发",正说明他不是一般的商人。因为白圭把如何经商问题看得"很复杂",他才能做到"厚积薄发"、"驾轻就熟",后人也才有"天下言治生祖白圭"的评论。商人重利轻义,这是不少人的看法。白圭的故事,或许能撩开另一个认识生意人的视角。或许,白圭本身就是另一类生意人。

(十二)

《列子》中讲了这么一个故事:"周之尹氏大治产,其下趣役者,侵晨昏而不启。有老役夫,筋力竭矣,而使之弥勤。昼则呻呼而即事,夜则昏惫而熟寐。精神荒散,昔昔梦为国君。居人民之上,总一国之事。游燕宫观,恣意所欲,其乐无比。觉则复役。人有慰喻其勤者。

"役夫曰：'人生百年，昼夜各分。吾昼为仆虏，苦则苦矣；夜为人君，其乐无比。何所怨哉？'尹氏心营世事，虑钟家业，心形俱疲，夜亦昏惫而寐。昔昔梦为人仆，趋走作役，无不为也；数骂杖挞，无不至也。眠中啽呓呻呼，彻旦息焉。尹氏病之，以访其友。友曰：'若位足荣身，资财有余，胜人远矣。夜梦为仆，苦逸之复，数之常也。若欲觉梦兼之，岂可得邪？'尹氏闻其友言，宽其役夫之程，减己思虑之事，疾并少间。"

这真是"颠来倒去"的奇闻，仆人受不了苦累梦中成了君主，白昼的痛苦被黑夜的欢乐冲淡；尊贵的主人梦中成了仆人，白昼的逸乐被黑夜的劳苦消减。"换位之梦"，受益的竟是双方：主人自己除去了许多经营上的思虑，卸了不少思想负担，而同时放宽了仆人的劳作限度，使其少了一些苦累。

《列子》中讲的"主"与"仆"的故事，值得同情的是仆人的角色。"居人之下"受奴役的滋味，使他筋疲力尽，入夜竟做了"居人之上"的美梦。这种"无中生有"，很有些悲凉，也反映了人民大众希望人人平等的愿望。"尹氏"（主人）之忧，则不值得同情，他的梦中际遇，倒像是一种应有的惩罚，是对他欺压仆人的一种报应。同时，也提出了一个重要命题：富就一定快乐吗？苦乐不均的现实，产生了两个相反的梦境，受教育的人是荣华富贵的主人，他的朋友揭示出了一个道理："苦逸之复，数之常也。"仆人"人生百岁，昼夜各分。吾昼为仆虏，苦则苦矣；夜为人君，其乐无比。何所怨哉"的自我安慰之言，更像是自欺自愚之谈。读这则故事，在同情这位仆人之余，也对其过于忍耐的奴性感到不安。

（十三）

人的一生，好比一辆汽车，同样需要两样东西：一是知行，二是知止。所谓知行，说的是人要有进取精神，要有大志，要有事业心，要有勇往直前的信念和毅力。所谓知止，说的是人要有所顾忌，要懂得有所为有所不为的道理，要明白什么时候做什么而什么时候不做什么，要在该"刹车"的时候将"车子"果断"刹"住。

讲两个故事。

一个是汉高祖刘邦的故事。公元前203年，韩信攻破齐国，欲自立为齐王。《史记》载："韩信已破齐，使人言曰：'齐边楚，权轻，不为假王，恐不能安齐。'汉王欲攻之。留侯曰：'不如因而立之，使自为守。'乃遣张良操印绶立韩信为齐王。"刘邦是个很会"刹车"的人，他及时将愤怒的心情"扭转"过来，并显出了几分机智。

一个是唐高祖李渊的故事。公元621年,苏世长等人献襄州投降。李渊责怪素有交情的苏世长。苏世长说了一段很精彩的话:"隋失其鹿,天下共逐之,陛下既得之矣,岂可复忿同猎之徒,问争肉之罪乎?"李渊听了这番话,哈哈大笑,连忙上去为苏世长松绑,拜为谏议大夫。正是听进去了苏世长的这番话,唐高祖李渊才大大减少了对降将和前朝官员的杀戮,而能从中选取大批有识有为之士,使他们为唐所用,成了治国安邦的良才。这种"刹车","刹"得正是关键的时候,对大唐结束群雄逐鹿的战争硝烟,安定人心、安定天下,起了不可估量的作用。

这是两个历史小故事,听起来有点远,也有点偏。试想,人要在情绪和理智之间做选择,从道理上说,古代人和现代人都是一样的。忙大事,做小事,处理国事,料理家事,不懂得"行"不可,不懂得"止"也不可。这个"止",不是简单的停步,而是让"行"更准确、更有效、更稳妥。不顾左右前后的"行",掉进泥坑的"行",是什么样的"行"?

(十四)

孔子说:"君子和而不同,小人同而不和。"这句话,猛一听,是有矛盾的:既然是"和"缘何又"不同"?既然"同"

缘何又"不和"？这是一种简单的颠倒还是原则的差异？

要了解孔子这句话的本意，还要联想他说的另外一些话："君子坦荡荡，小人长戚戚。""君子喻于义，小人喻于利。""君子泰而不骄，小人骄而不泰。""君子求诸己，小人求诸人。"……

唐太宗和魏徵，都是有作为的人。但是，君臣之间，"和谐"共事中争执是很不少的，有的时候，两个人差点要闹翻脸。宋徽宗和蔡京，就是另一回事了。宋徽宗的昏庸，蔡京的献媚，给人一种穿一条裤子都不嫌肥的感觉，但是这样的"合作关系"并没有给国家和百姓带来祥和，带来的只是无尽的苦难。

对"同"与"不同"的概念，可以这么来考虑："同"与"不同"指的是个人的风格、脾性、见解、主张上的区分，是一种自然而然的原本的差别。"没有一片树叶是完全一样的"，道理也适宜于人和人之间。每一个有思想的人，对外在的世界，对人对事，都会有自己独特的看法。人与人之间，绝对的完全一致的看法，几乎是不存在的。如果一个人为了某种私利，放弃做人的原则，将自己原本的风格、脾性、见解、主张统统"掩藏"起来，一味地屈从于他人的权势，这种"同"，恰恰是小人追求的东西，用这种"同"换来的，一定不是于社会于大众有益的"和",是小人与小人间的"同流合污"。

(十五)

子贡问:"有一言可以终身行之者乎?"

孔子回答:"其恕乎!己所不欲,勿施于人。"

"如"下是"心",这个"恕"字寓意深刻。老百姓有一句话,说得和孔子讲的道理一样:"做人做事要将心比心。"

有一个厨师将发霉的面粉做成点心,卖给了顾客。不知情的顾客将点心作为礼品又送到了厨师家中。当厨师的老母亲、妻子、儿女要食用这些点心时,厨师终于坦白说:"这点心是我用发霉的面粉做出来的,不能吃呀!"厨师的母亲流泪了,她让儿子跪下,痛心地问:"儿子,你怎么能这样做?你是人,别人就不是人吗?你不能吃的东西,别人就能吃吗?你有家小,别人就没有家小吗?你的心叫狗啃了吗?"厨师惭愧万分,无言以对。

从古到今,人们似乎一直没有忘记孔子说的话,可确有一些人一直做不到"将心比心",甚至是"人面咫尺,心隔千里"。有那么一些人,只把自己和自己的家人看成人,而不把邻里、不把他人看成人。这种人,每做一事,都是只想着自己和自己的家人合适，不惜损害他人的利益和他人的幸福。好事情先往自己身上揽，坏事情一定要往他人身上推。自己所想要的东西，不管他人想不想要；自己所不想要的东西，想要他人要。这种人，又分为两类：一类是明打明地做损人利己的事，是明摆着告诉你："我要夺的，是你所爱的；我要给你的，是我所不爱的。"另一类人，更为卑鄙，他有一层伪装，他在夺取你的美好的东西时会说："这不是什么好的东西，为了你，把它给我吧。"他在给你不好的东西时会说："看看，这是多么好的东西！是我专门留给你的！"生活中的这类人最为可怕可恨。

人心都是肉长的，此心本当通彼心。如果人人牢记了"恕"字，那世界会是什么样子？

（十六）

孔子弟子很不少，可他最喜欢的，是颜回。关于颜回的卒年，有两种说法：一是说卒于公元前490年，一是说卒于公元前481年。对于活了73岁的孔子来说，他得意弟子的英年早逝，实在是件令他伤感的事。在《论语》中，孔子多次与人说到颜回，每次，都饱含惋惜之情。比如《论语》记载："哀公问：'弟子孰为好学？'孔子对曰：'有颜回者好学，不迁怒，不贰过。不幸短命死矣，今也则亡，未闻好学者也。'"

在后来的两千多年中，人们注意到了孔子对颜回的赞扬中特意说到的"不贰过"这三个字。"生而知之"的人是不存在的。孔子就说："我非生而知之者，好古，敏以求之者也。"既然如此，人在做事的时候，除了从祖宗的成败中汲取经验教训，就要靠自己的亲身实践了。凡做前人没有做过的事，都有做"对了"和做"错了"的可能，都有做"成功了"和做"失败了"的可能。过去有一句话，叫"人非圣贤，孰能无过？"连孔子都十分谦虚，他曾说："若圣与仁，则吾岂敢？""文，莫吾犹人也。躬行君子，则吾未之有得。"问题不在于人是不是会犯错误，而在于是不是犯"同样"的错误。这个"同样"，一是指上代的老祖宗已经经历过且已经记载下来了的错误，二是自己周围的人做了且已经看清楚的错误，三是自己从前犯过的错误。"重蹈覆辙"是很悲惨的事情。"贰过"，不论是"复制"上代人的，还是同代人的，还是自己的，就是"重蹈覆辙"。读史，读一段让人痛心的史，经常会有这样的感慨：这件事怎么这样熟悉？这个人怎么和那个人走同样的路？

每个人，要永远牢记：要珍惜时光做人做事，要能做到不犯同样的错误，不能在同一个泥坑里再次跌倒。

（十七）

人生活在世间，在有的时候，遇到"说不清楚"的人和事，还要有用自己的言行去感化对方的涵养。《晋书·朱冲传》载："朱冲字巨容，南安人也。少有至行，闲静寡欲，好学而贫，常以耕艺为事。邻人失犊，认冲犊以归，后得犊于林下，大惭，以犊还冲，冲竟不受。有牛犯其禾稼，冲屡持刍送牛而无恨色。主愧之。乃不复为暴。"

朱冲人品上的修炼，达到了炉火纯青的地步，几乎给人以"过傻"、"过宽"的外象。他能够做到这些，很可能是发自内心的，不是故意装出来的。一个人在别人误解的时候和自己的利益受到影响的时候，能心绪平和，做到"让人"、"宽人"，朱冲给人留下的印象是深刻的。他能如此"脱俗"，源于对人的本质的理解。荀子说："水火有气而无生，草木有生而无知，禽兽有知而无义，人有气有生有知亦有义，故最为天下贵也。"孔子也说过："仁远乎哉？我欲仁，斯仁至矣。"作为社会的人，自己是"什么人"，自己的嘴说了不算，自己的"所作所为"一点一滴加起来，公众说你是谁那才是谁。但这里，自己不是没有作为的。要确立自己心目中的也是公众心目中的理想形象，自己就要把做人的道义、品德放在首位。

用自己的言行感化人，实际是一种高明的教育方法。现实生活中，有一部分人，由于一时的糊涂，或一时的眼界障碍，做了错事，说了错话，这种情况下，经他人模范而仁义的感化力量一推，就"转过弯子"来了。但是，并不是所有的人都能被感化。能被感化的人，是在"内存"上尚有"余温"的人。而"里外皆黑"的人，已经从骨子里坏透了的人，是不可救药的，不可感化的。

(十八)

"三思而后行"这句话，人们一代代说着，一代代听着，一代代做着。几乎所有的人，都觉着是"条例"式的哲理。读《论语》，细琢磨孔子的思想原本，才感到"三思"与"优柔寡断"是"近亲"。《论语》载："季文子三思而后行。子闻之，曰：'再，斯可矣。'"孔子对季文子的批评，说得很客气，但态度又很鲜明：做事要先思而后行，但又不能考虑太多。顾虑重重，往往裹足不前，耽误了做事。

公元前568年，鲁国的大夫季孙行父逝世。这个人是鲁国的老臣，历仕鲁文公、宣公、成公、襄公诸代。从政的最大特点，是世故深沉，过于谨慎，后人的评说是："文子生平盖祸福利害之计太明，故其美恶两不相掩。"孔子不是不主张做事要认真，要妥当，而是不赞成"过虑"。孔子是鲁国人，他对自己鲁国先人的作为，看得是清楚的。

人的一生，能做多少事？在父母生下孩子的时候，父母不知道这孩子今后是不是能成才，也不知道这孩子长大后能做成什么样的事；孩子自己呢，从少年，到青年，到老年，只有到临终，才可以给自己一个"小结"："噢，我这一生，原来做了这么些事情。"很可能到了最后，遗憾才最强烈地凸现出来："我这一辈子，这件事情怎么就没有办成呢？"是的，每个人的一生，都会多多少少留下一些遗憾，都会多多少少为一些本该做成的事没来得及做成而感到懊悔。细想想，许多事情，不是没想去做，而是因为想得太多而失去了做的时间和机会。

有这么一类人，不论做什么事，都在"脑海翻滚"后"拿不定主意"，都在"前思后想"后"左右为难"。每当别人大步前行的时候，他们总是在路边踏步踌躇，每当别人用激情创造的时候，他们总是一脸愁云，无所作为。

做事，要思考，但不能"过虑"。曾子说过"士不可不弘毅，任重而道远"。人生在世，要抓紧时间做事，在有的时候，"当断不断，反受其乱"。这方面的事例是很不少的。

(十九)

对"礼"字,人们是要再好好"研究研究"。早在两千多年前,鲁国人林放就向孔子请教"礼之本"的问题,也就是询问礼节的本质是什么,孔子的回答是:"大哉问!礼,与其奢也,宁俭;丧,与其易也,宁戚。"

孔子这番话翻译成"大白话"是说:这可是个大问题呀!礼节、礼仪这类事情,与其奢侈浪费,不如讲求节俭;办理丧事,与其讲究周到,不如在内心里有悲哀之情。

宋代司马光说:"国家之治本于礼,礼之为物大矣。""何为礼?纪纲是也!"在这里,司马光对"礼"字,是从社会政治秩序的角度来理解的。从更大的社会层面看,大多数人理解的"礼",是人与人之间的有来有往的"礼数"、"礼节"。在今天,当我们讨论"礼"的多寡问题时,一定要重温"礼"的本意。人和人之间,内心里的相互关爱是很重要的,"仁者爱人",说的就是这个道理。孔子还说过一句话:"人而不仁,如礼何?人而不仁,如乐何?"这实际是说人的"内在"比什么都重要。我们来理解"礼"字蕴含的实质,"关爱他人"这一点是第一位的。在这个前提下,人和人之间,要讲礼貌,也要讲礼数礼节。礼的含义中有"人际规范"的成分。讲礼貌、讲礼数礼节也是文明的标志。人们常说的"以礼待人"、"礼尚往来",讲的就是社会关系中的"礼"的纽带。但是,"礼"字应该是洁净的,它的本意,是一个人文的概念,而决不是赤裸裸的钱财交易,决不是没有节制的繁文缛节。

（二十）

人的一生,从来到这个世界,到离开这个世界,分为几个阶段?孔子有一个"六段论":"吾十有五而志于学,三十而立,四十而不惑,五十而知天命,六十而耳顺,七十而从心所欲,不逾矩。"千百年来,"六段论"影响很大,成了人们谈论人生历程的"标尺"。有人甚至认为"六段论"是人生的目标的具体体现,它指明了每一个时段人应该达到的理想境界。

孔子讲的是"自己",但是后人将这个"六段论"来了个"推而广之"。对孔子的"六段论",人们有不同的理解。这里,不妨也加以"翻译"。

"十有五而志于学",这个概念,应该有三个方面:一是普通学子的"学",在今天,就是读小学、中学、大学,甚至攻读博士学位;二是做学问的"学",就是要有成为学识渊博的大家的志向;三是做人的道理。孔子说:"君子食无求饱,居无求安,敏于事而慎于言,就有道而正焉,可谓好学也已。"

"三十而立",讲的也有两重意思:一是说这个人是有用之才了,才学和能力已经能够被社会承认了,有一定的公认的社会立足点了;二是说这个人已经能够自食其力了,并且所从事的职业基本定型了。过去有"人过四十不学艺"的说法。

"四十而不惑",讲的也有两层内涵:一是说人到了这个时候,对事物的本质比较容易看清了,不容易被一些表面的现象迷惑了;二是说人到了这个时候,不论做什么事情,再也不能犹豫不定了,不该处于困惑状态了。

"五十而知天命",在今天,可以理解为:人到了五十岁,应该对客观世界的规律有一个清醒的认识,懂得客观世界运动规律不可抗拒的力量所在。人到五十,半百的年龄,也应该已经懂得生命的短暂与珍贵,应该对大自然的无情与有情有清楚的了解。

"六十而耳顺",可以理解为:人到了六十,对别人说的,已经能够辨别出黑白、是非、真伪了;同时,人到了这个年龄,在听到别人的批评意见的时候,也已经能够听进去了,对别人的看法也宽容多了。

"七十而从心所欲,不逾矩",说的是人走过了漫长的人生之路，酸甜苦辣都品尝到了，对人生的意义大彻大悟了，纵使信马由缰，也不会没有边际，不会出"大格"。

在今天，孔子的"六段论"参考价值如何？回答这个问题是很难的。今天与两千多年前的社会环境比，与两千多年前的生存质量比，与两千多年前的物质条件比，的确是发生了翻天覆地的变化。与七十三岁而逝的孔子比，今天活到八十、九十的人，算是更长寿的。随着生命科学的发展，人的平均寿命还会大大延长，凡人百岁的时代已经不会太遥远了。这样情况下，简单用"六段论"来概括人生的经历，并没有多大的实际意义。我们要真正理解孔子的"六段论"，一定要看到它的本质：第一，感悟人生要靠实践，要通过实践完善人生，不断修正自己的言行，逐步提升人生的价值；第二，永远不要放弃向更高目标的追求，在每一个人生阶段，都要树立新的奋斗目标，以积极的人生态度，完成人生的历程。

（二十一）

还在两千多年前，有人向汉文帝献了一匹千里马。汉文帝非但不高兴，还气冲冲地问道："鸾旗在前，属车在后，吉行日五十里，师行日三十里。朕乘千里马，独先安之？"汉文帝说的是当时皇帝出巡和部队正常行军的速度。在当时看，一个皇帝自己骑上千里马，是"脱离实际"的太超前的行为，是不能接受的。

时光一晃，人类社会走到了二十一世纪。在今天，即便是当年太超前的"千里马"也说不上是"快"的象征了，汽车、高铁、飞机、飞船、手机、互联网，已将人类带入了崭新快捷的现代生活。不要说"五十里"与"三十里"，就是"一千里""一万里"，也不是什么遥远的距离。假如汉文帝一觉醒来，看到今昔快慢之别，一定会惊奇得目瞪口呆。

今昔快慢之别当然巨大，但另一个现象也令人称奇：一个比汉文帝更早的人物孔子，他与他的弟子们聊天说话的记录册《论语》，至今仍是一版再版，令现代人百读不厌。一个坐在牛车上颠沛流离有时候连饭都吃不上的古人的思想标尺，怎么在今天卫星、航天飞机都上天的时候，依然被用来衡量和匡正人们的言行？这生涩难懂的一万多字为什么至今仍能安慰许多人的心灵？

这些问题，很值得深想多思。试想，如果当年孔子呼唤的人性中应有的美好的东西，人类社会都做到了，都拥有了，都到齐了，那我们还能感到这呼声的震撼吗？人类当年缺少的人性中应有的美好的东西，在漫长的岁月里，的确也有增加，的确也有添置。但是，人类内心世界的完善速度实际上远远跟不上人类所创造的身外物质条件的变化速度。这种不同步，使我们在看待现代交通、通讯手段飞速发展，生活条件不断改善的成就时，心里多少会产生某种不安。当我们说到石器时代、铜器时代、铁器时代、蒸汽时代、电子时代的交替，我们应该想到在许多年前人类中的一部分人身上存在的战争攻伐、背信弃义、见利忘义、损人利己等毛病并没有与时光的江河一同全部流逝。默念孔子的"仁者爱人"、"无信不立"、"不义而富且贵，于我如浮云"、"己所不欲，勿施于人"的教诲，此刻人的心绪确难平静。

先圣已去，其言不死。在今天，可以不再用牛车、马车作为主要交通工具，可以不再用"五百里加急"的方式传递讯息，可以不再需要换马、加料的驿站，但是，人们何时可以对孔子的背影说，"您放心走吧，您当年所忧所虑的东西，今天都没有了"？

外在的物质东西的变化，要与内在的心灵的净化相谐和。人类所需要的，是物质的世界与精神的世界的和谐统一。这是真正的美好的人类生活基础。

（二十二）

有个故事，是齐景公与晏子谈国之忧患问题。《晏子春秋》载：景公问于晏子曰："治国何患？"晏子对曰："患夫社鼠。"公曰："何谓也？"对曰："夫社，束木而涂之，鼠因往托焉。熏之则恐烧其木，灌之则恐败其涂，此鼠所以不可得杀者，以社故也。夫国亦有焉，人主左右是也。内则蔽善恶于君上，外则卖权重于百姓。不诛之则乱，诛之则为人主所案据，腹而有之，此亦国之社鼠也。人有酤酒者，为器甚洁清，置表甚长，而酒酸不售。问之里人其故，里人云：'公狗之猛，人挈器而入，且酤公酒，狗迎而噬之。此酒所以酸而不售也。'夫国亦有猛狗，用事者是也。有道术之士，欲干万乘之主，而用事者迎而龁之，此亦国之猛狗也。左右为社鼠，用事者为猛狗，主安得无壅，国安得无患乎？"

这段故事，告诉后人一个道理：离自己最近的地方，很可能是容易忽视的地方，是需要经常清扫和治理之处。"防止灯下黑"，说的也是这个意思。为官的人，身边的人员，亲朋好友，整天围在左右，"近"是够"近"了，但如何做到公正、廉政，做到公私分明，做到当远则远，当疏则疏，实在是个大问题。往往会有一种情况：因为左右的人离自己太"近"，明明他们身上有了"毛病",自己却难以看见。要看清楚,只有一个办法:保持适当距离。与左右保持适当距离,不是做公事、办正事要有距离,而是在"危险区域",即"公私交叉"的地方,在公众利益与个人利益容易冲突的地方,要有适当距离。古人讲"齐家治国",这个"齐家",从某种意义上讲,可以放大些范围,从严要求,防止出现"鼠患"和"狗患"。一个家如此,一个地方如此,一个单位亦如此。

(二十三)

《史记·滑稽列传》中,有这么一段记载:"始皇尝议欲大苑囿,东至函谷关,西至雍、陈仓。优旃曰:'善。多纵禽兽于其中,寇从东方来,令麋鹿触之足矣。'始皇以故辍止。"

始皇者,秦之大帝也。优旃者,秦之宫廷之艺人也。优旃身材矮小,擅长说笑话,但这个人,经常是"话中有话",且"合于大道"。一个宫廷艺人,要劝说一时糊涂要扩大园林猎场的君王,这个话怎么说?优旃来了个"正话反说":"皇上,扩大园林猎场好呀,在大大的园林猎场里,咱多养些奇珍异兽,要是边境上敌人来犯,让长角的麋鹿去抵挡不就得了!"瞧瞧,这话说的,是直接批评秦始皇吗?不是。也是。这"不是"的"也是",很有意思。

"从前"的这个故事，已经相当的遥远了。可今天听起来，也很是熟悉。在我们的生活中，对亲友的规劝，对同事的劝说，有的时候讲点"艺术"是需要的。劝解、批评他人，"直来直去"不是不可，"拐弯抹角"也不是不行，最关键的，是一句话：坚持原则，达到效果。

说反话，也有"说反"的时候。有的人不会说反话，刚一出口，就真的把话"说反"了。说反话的"艺术"，就是要让"反话"变成"正话"听，要让被说的人"明白过来"。如果被说的人"听不明白"，那可有两种情况：一是说反话的人"没说到位"；二是说反话的人"说过了头"。要避免这两种情况，就要讲说反话的辩证法，就是要把话说得"恰到好处"，话儿朝反方向走到一定程度，理儿要转回来，这样，反话就"到位而不过头"了。

（二十四）

坚强的意志，能产生巨大的精神力量。

《汉书》记载了汉代名将李广的一件"小事"："广出猎，见草中石，以为虎而射之，中石没矢，视之，石也。他日射之，终不能入矣。"

李广"以石为虎"，惊骇中，生存的本能力量，支撑李广将箭头射入石中了。而在平常的日子，他怎么也做不到这一点。这前后的"差异"，就出在人的意志强弱上。

人生活在世间，要生存和发展，要做成一番事业，需要付出辛勤的劳动和汗水，更需要有坚强的直面一切困难的意志。在相当多的情况下，人对自身的能量、耐力和潜力，认识和发掘往往还是很不够的。有一个很瘦弱的人，平时连几十斤重的物品都没有扛过。一天，他看见一位老人落水了，情急之中，他跳入深水中将老人背上了岸。上岸后，得知老人体重有一百多斤，他自己也大吃一惊："我怎么能有这么大的力气？"其实，发掘他的潜能的，正是"意志"二字。

意志这个东西，跟"望梅止渴"不是一个概念。在人的智能和体能的极限范围内，有意志的人和无意志的人，意志强的人和意志弱的人，处于同样的环境，面对同样的困难，做同一件事，结果往往大不一样。"半途而废"者，相当多的就是意志缺乏的人。有的人离成功只有一步之遥了，实际上已经没有什么大的艰难险阻了，可就是没有坚持下去的意志了。这种可惜可叹的事例举不胜举。

意志，在顺境里，或许感觉不到其存在。而在逆境中，意志，是闪烁着无限光芒，能够指航引路的星辰。

（二十五）

《吕氏春秋》载："晋平公问于祁黄羊曰：'南阳无令，其谁可而为之？'祁黄羊对曰：'解狐可。'平公曰：'解狐非子之雠邪？'对曰：'君问可，非问臣之雠也。'平公曰：'善。'遂用之。国人称善焉。居有间，平公又问祁黄羊曰：'国无尉，其谁可而为之？'对曰：'午可。'平公曰：'午非子之子邪？'对曰：'君问可，非问臣之子也。'平公曰：'善。'又遂用之。国人称善焉。孔子闻之曰：'善哉！祁黄羊之论也，外举不避雠，内举不避子。祁黄羊可谓公矣。'"

祁黄羊者，晋国大夫祁奚，字黄羊。这段记述，很有意思。一前一后，祁奚推荐了自己的仇人和自己的儿子。本来，仇人离他很远，儿子离他很近，但在晋平公看来，祁奚和解狐、祁午之间是"同等距离"。"举贤不避亲"，这容易做到，真正难的，是"举贤不避仇"。人从仇人身上看到"纯恶"、"全黑"，只需带着仇视的情感就行了，而要从仇人身上看到"恶中之善"、"黑中之白"，则必须拥有足够的理智。古往今来，人际之间，相当一些怨恨，本可在彼此的理智中消弥，本可在平视的目光中淡化，但是，感情的激流冲走了理智，斜视的偏见遮住了仇人部分真实的面目，于是，"仇人等于坏人"，便成为人间的一种"公式"，不少人甚至从来不曾怀疑这道"公式"的合理性。

祁黄羊这个人，在两千年后，该不该被忘掉？合上书，让人寻味的地方太多。祁黄羊这样的人，是多了还是少了？

卷三

- 相对于大自然，人有时了解自己反而不易、不能，"最近"的东西反而"最远"，真乃人的悲哀。

- 世界是由少少的"独我"和多多的"众人"组成的。正确地看人论事、看己论事，会使自己受益，他人受益，社会受益。相反，会害人害己害社会。

- 人是会变的，最初的人，中间的人，最后的人，可能不在一条直线上。

- 世间万物，物异理通，盛衰存亡更替，皆有发展变化之规律。

- "悟"与"不悟"，虽有天壤之别，但在每一具体处，"起点"似乎都很"小"。

知己与知彼

(一)

如何正确评价别人,如何正确看待自己,历来是人生要紧问题。韩愈在《原毁》中,提出看人应当"取其一不责其二,即其新不究其旧,恐恐然惟惧其人之不得为善之利"。批评了"举其一不计其十,究其旧不图其新,恐恐然惟惧其人之有闻也"的做法。韩愈赞赏什么,反对什么,清清楚楚。不仅如此,他还在此文中分析了社会上所以有"严人宽己"现象的原因:"怠与忌之谓也。怠者不能修,而忌者畏人修。"

"事修而谤兴,德高而毁来",这种极不正常的社会风气,是韩愈十分痛恨的。在韩愈之后,这种社会风气并未绝迹,至今,不少人仍深受其害。

读《原毁》,可以深想的地方很多。世界是由少少的"独我"和多多的"众人"组成的。正确地看人论事、看己论事,会使自己受益,他人受益,社会受益。相反,会害人害己害社会。从这个意义上讲,《原毁》一文,不可不读。不仅要读,读了还应有所悟，应懂其字里行间的要义。

（二）

《列子》载："杨朱之弟曰布，衣素衣而出。天雨，解素衣，衣缁衣而反。其狗不知，迎而吠之。杨布怒，将扑之。方是时，杨朱曰：'子无扑矣！子亦犹是也。向者使汝狗白而往黑而来，岂能无怪哉？'"

这则故事，用白话讲大概是这样的：杨布出家门的时候，天气晴朗，他穿着浅色的衣服。后来，天下雨了，回家时他脱去了浅色的衣服，换上了黑色的衣服。狗"记"着早晨主人的样子，见穿黑衣服的人便狂叫起来。杨布见狗连主人都不认识了，很生气，要打狗。哥哥杨朱连忙拦住了他："不要打狗了，这怎么能怪它呢？要是你遇到了这种情况，你的狗早晨出去时是白的，回来时成了黑的，你不感到奇怪吗？"

杨朱、杨布兄弟二人，一个是"旁观者"，一个是"当事者"，真可谓"旁观者清，当局者迷"。

狗的"眼光"与人的"眼光"，原本是不可比的。但在都有失准的时候这一点上，也有相同之处。失准是怎么发生的？外在的衣着，不代表人，但人穿上了衣服，衣服成了某种象征。"人饰衣服，马饰鞍"，讲的是外表的作用。不能责怪狗，是因为人与狗有同样的毛病：看重外表而忽视内在。但是，衣裳终归是衣裳，人终归是人，鞍终归是鞍，马终归是马，而将衣当人，将鞍当马，则谬也。狗凭衣服颜色决定亲近还是防范，说明狗的思维的简单。而人脑海中"白狗"、"黑狗"的概念，是最直接的外在事物的反映，甚至说是不加思想的反映。

古往今来，重视外表、忽视内在的现象十分普遍，貌美的人尽管其内心世界可能很丑恶，但人们要认识其丑恶的内在要经过一个很长的时间；相貌丑陋的人尽管其内心世界可能很美，但这种美要被人们认知也要经过一个很长时间。人们很容易看到的东西，往往不是本质的东西，这是人类诸多悲剧产生的原因之一。从这个意义上讲，杨朱、杨布兄弟二人探讨的问题，实在是一个大问题。

（三）

欧阳修在《非非堂记》一文中讲："权衡之平物，动则轻重差，其于静也，锱铢不失。水之鉴物，动则不能有睹，其于静也，毫发可辨。"

"平物"、"鉴物"，要求不失准确，不失真相。但是，总有不"静"的时候。一旦不"静"，秤就出现误差，水面就映不出清晰的图像。

"动"与"静"是相对的，而不是绝对的。世界上任何事物，都处于运动变化之中，秤也好，水也罢，纯粹的"静"是不存在的，"动"是必然的。然而，相对的"静"，则是现实的。为人处世，常讲要公平、公正，人做到了处事公平、公正，就算正常状态。而偏激、片面，就会使人处于非正常状态，这时候看人论事就会失去公允、公道。

当然，这种公平、公正，也是相对的，而非绝对的。看问题要冷静观察，细心思考，这是常理。激动的时候、激愤的时候，情绪不稳定，"偏差"往往因势而生。心平气和，就是对"动"的"过滤"，让"静"能够"回归"，这时候再做决定，可能会少些失误。正如欧阳修在此文中讲的："处身者不为外物眩晃而动，则其心静，心静则智识明，是是非非，无所施而不中。"人类历史上，不少悲剧的发生，与决策失误有关。不少造成失误的决策，是在面对外在各种变化时把握不住事物的根本，在人的头脑不够冷静的情况下做出的。冷静看问题不是静止看问题，是在事物运动的某种阶段上对事物进行准确的定位、定量及定性，看到这一定阶段事物的原本状态。由于事物是在不断的运动之中，因而其定位、定性会随着运动而变化。所以说，"静"只能是相对的，在这种相对的

"静"中对事物的观察和认识,也会是相对的、有条件的。

(四)

欧阳修有篇《送徐无党南归序》,值得一读。此文尤以开篇出彩:"草木鸟兽之为物,众人之为人,其为生虽异,而为死则同,一归于腐坏、澌尽、泯灭而已。而众人之中,有圣贤者,固亦生且死于其间,而独异于草木鸟兽众人者,虽死而不朽,逾远而弥存也。其所以为圣贤者,修之于身,施之于事,见之于言,是三者所以能不朽而存也。"

欧阳修还写道:"修于身者,无所不获;施于事者,有得有不得焉;其见于言者,则又有能有不能也。""施于事矣,不见于言可也","修于身矣,而不施于事,不见于言,亦可也"。

"三不朽"的立论,是本文的关键,这是欧阳修的人生追求,也是许多读书人的追求,立德、立业、立言,三者俱全最好,三中有二亦不错,最少也应有其一。人生一世,若至死仍"一无所有",则是大憾。

读欧阳修这篇文章,想到的是另一个问题:在普通人,"三不朽"如何体现?"三不朽"仅仅是少数"圣贤者"的追求吗?

实际上,就"修之于身"而言,世间绝大多数人,都可以从品德上进取。父亲的品德，影响着儿子，儿子的品德，影响着孙子；张家的品德，影响着李家，李家的品德，影响着王家；师长的品德，影响着学生，学生的品德，影响着师长；官位高的人的品德，影响着官位低的人，官位低的人的品德，影响着官位高的人……世间百姓，真善美的主流一直涌动着、延续着，从古至今，说明人品人德价值的强大和威力。就大多数人而言，"善小而为"值得称赞。

就"施之于事"而言，世间绝大多数的人，都是社会进步与发展的建设者。除了少数的破坏者，凡做了有益于人类社会事情的人，不论做事大小，做事多少，都不能说不算"施之于事"，也就是说，业无大小，贵在有益。

就"见之于言"而言，世人中著书立说的人毕竟是少数，成为"大家"的更是个别，但大多数世人，平日里说话，哪怕是拉家常，也都有个是否有益于社会、有益于邻里、有益于众人的问题。从这个角度讲，建言之机会，人皆有之，时时处处有之。

总而言之，"三不朽"实践者的范围，不可人为划小了，重道德、做事业、讲道理，是所有人应有的追求。"圣贤者"不过是其中做得更好、更多的人。"圣贤者"与"普通人"，只是"三不朽"的程度上的差别，而非有天然的鸿沟。

人非草木，人非鸟兽，将"圣贤者"与普通大众隔离开来，显然是不妥当的。

（五）

《菜根谭》中指出："人能读有字书，不能读无字书；知弹有弦琴，不知弹无弦琴。以迹用，不以神用，何以得琴书之趣？"

"无字书"、"无弦琴"，这种物品何人可见可用？然作者洪应明认为世间确有这种物品，且只有善于"神用"者，才可能得琴书之乐。"非上上智，无了了心"，这八个字是洪应明的名言。在他的思想里，"虚"的东西有了"实"的内涵，"实"的东西又有了"虚"的背景，"欲其中者，波沸寒潭，山林不见其寂，虚其中者，凉生酷暑，朝市不知其喧"。这种"有无观"，非常人所持，颇有深度。

世间万物，都有一定的外在形态，也有其内在的运动规律。一般说，外在的东西易见于浅处，而内在的东西藏隐于深处。"以迹用"，实际上就是注意外在的东西，忽视内在的东西。在浓厚的功利氛围中，人要做到"上上智"、有"了了心"，是相当困难的。相对于大自然，人有时了解自己反而不易、不能，"最近"的东西反而"最远"，真乃人的悲哀。

读有字书易，读无字书难。

弹有弦琴易，弹无弦琴难。

这"易"与"难"之间，是"愚"与"智"程度的区别，更是人生真谛能悟与否的境界。

（六）

孟子说："人皆有不忍人之心。"《三字经》以"人之初，性本善。性相近，习相远"开篇，归纳了儒家的"性本善"思想。《荀子·性恶》中却直截了当地说："人之性恶，其善者伪也。"

性善论与性恶论，各执一端，似乎异大同小。若性善是"初"，那么，人长大后一旦有了无德之言行，就是环境的"影响"了；若性恶是"初"，那么，人就需要经过教化，经过"洗礼"、"净化"，方能成为有德之才。若说人道德上、品行上有差异，那是教化程度上的差异所致。

"性相近，习相远"，这句话好像对"性善论"和"性恶论"都适用。"性善"的只是"初善"，"性恶"的只是"初恶"；那么，"长大"的过程中，环境的影响、教化的影响，就会使人和人产生差别。差别归差别，人本性的东西，相通之处还是很多的。"相近"与"相远"，相辅相成，很耐人寻味。"性善论"的立论点是："无恻隐之心，非人也；无羞恶之心，非人也；无辞让之心，非人也；无是非之心，非人也。"（《孟子》）

"性恶论"的立论点是："今人之性，生而有好利焉，顺是，故争夺生而辞让亡焉；生而有疾恶焉，顺是，故残贼生而忠信亡焉；生而有耳目之欲，有好声色焉，顺是，故淫乱生而礼义文理亡焉。然则从人之性，顺人之情，必出于争夺，合于犯分乱理而归于暴。"（《荀子》）

看来，双方是各执人身上的一端作为立论点，或以"善面"为"基"，或以"恶面"为"本"。很可能，人本身就具有两重性，既有善的"元素"，又有恶的"元素"。这两类"元素"，都隐存在人身上，与生俱来，但"后天"的修造程度，能够决定两类"元素"的"增减"。具体到某一个人身上，经过家庭和社会的熏陶，经过自身的学养努力，完全能做到使善的"元素"在一生中占主导地位，将恶的"元素"囚禁在狭小的笼子中。

在这个世界上，不同之人，不同之行为，有许多不同。这不同，那不同，归根到底是"习相远"这个"不同"。生于同根而发展于殊途。看人思己，往深处窥去，恐怕发热的头脑顿时会冷却三分。

（七）

《吕氏春秋》中说："会有一欲，则北至大夏，南至北户，西至三危，东至扶木，不敢乱矣；犯白刃，冒流矢，趣水火，不敢却也；晨寤兴，务耕疾庸，棷为烦辱，不敢休矣。故人之欲多者，其可得用亦多；人之欲少者，其可得用亦少；无欲者，不可得用也。人之欲虽多，而上无以令之，人虽得其欲，人犹不可用也。令人得欲之道，不可不审矣。"

这番话，提出了顺应人的各种欲求从而达到治理天下的思想，也讨论了得民心民意与"人之欲求"多寡的关系。人之为人，"无欲"是不可能的，鼓励正当的"欲"、合理的"欲"，承认其存在和使其得以适当的满足，是为政者要考虑的问题，"审顺其天而以行欲"，是关键的关键。值得注意的是"无欲者，不可得用也"的观点，讲得比较深刻。

（八）

韩愈《圬者王承福传》，写的是一个泥瓦匠。"王其姓，承福其名，世为京兆长安农夫。"

然而，就是这位泥瓦匠，却讲了一番达官贵人体会不出的"大道理"，作者将王承福的"大道理"记录了下来，说是为其"写传",莫若说为其"立言",最让人难忘的是这么一段话:"吾操镘以入贵富之家有年矣。有一至者焉,又往过之,则为墟矣;有再至、三至者焉,而往过之,则为墟矣。问之其邻,或曰:'噫!刑戮也。'或曰:'身既死,而其子孙不能有也。'或曰:'死而归之官也。'吾以是观之,非所谓食焉怠其事,而得天殃者邪!非强心以智而不足,不择其才之称否,而冒之者邪!非多行可愧,知其不可,而强为之者邪!将贵富难守,薄功而厚飨之者邪!抑丰悴有时,一去一来,而不可常者邪!吾之心悯焉,是故择其力之可能者行焉,乐富贵而悲贫贱,我岂异于人哉!"

劳动者并非卑贱,从根本上说,劳动者是幸福的。这种幸福,不是一时间占有财富的多少,一时间地位的高低,而是享用自己劳动果实的安详和踏实。韩愈笔下的泥瓦匠王承福对富贵人家"大起大落"的观察及富贵人家邻里的议论,并不是说财富越多就一定会落此下场,就一定要走向穷途末路,而是讲如果钱财和权位来路不正,如果没有勤俭持家的道行,如果居于富贵而好逸恶劳,如果因富而骄、纵行枉法,就必然"家道中落",结局悲惨。像泥瓦匠这样的人,在过上富贵幸福生活梦想上,与其他人并无不同之处,他觉得自己是坦然的,是靠自己的双手谋求富贵和幸福。

（九）

韩愈《原道》中对"仁"、"义"、"道"、"德"四字作了一番阐述："博爱之谓仁，行而宜之之谓义，由是而之焉之谓道，足乎己无待于外之谓德。仁与义为定名，道与德为虚位。故道有君子小人，而德有凶有吉。"

值得注意的是，韩愈将"道"定位于从仁义出发向前走的路，这又是人人应该走的路。这个"道"，是儒家之道。韩愈此处讲"仁"说"义"，谈"道"论"德"，是为了批评老子的观点，韩愈说："老子之小仁义，非毁之也，其见者小也。坐井而观天，曰'天小'者，非天小也。彼以煦煦为仁，孑孑为义，其小之也则宜。其所谓道，道其所道，非吾所谓道也；其所谓德，德其所德，非吾所谓德也。凡吾所谓道德云者，合仁与义言之也，天下之公言也；老子之所谓道德云者，去仁与义言之也，一人之私言也。"

韩愈《原道》中很在意地讲"区别"，是要与老子的"道"、"德"的理念划清界线，是要讲"此道"非"彼道"，"此德"非"彼德"。问题是，儒家与道家之别果在于此吗？这是读此文留下的一点疑惑。读此文，还联想到了明思想家李贽的几句话："道本不远于人，而远人以为道者，是故不可以语道。知人即道也，道即人也，人外无道，而道外亦无人。"这是对"道"的另一种诠释。看来，对"道"的认识，也还有个出发点不同和视角差异的问题。

（十）

韩愈《师说》讲："古之学者必有师。师者，所以传道授业解惑也。人非生而知之者，孰能无惑？惑而不从师，其为惑也，终不解矣。生乎吾前，其闻道也，固先乎吾，吾从而师之；生乎吾后，其闻道也亦先乎吾，吾从而师之。吾师道也，夫庸知其年之先后生于吾乎？是故无贵无贱，无长无少，道之所存，师之所存也。"

对韩愈这篇文章，人们完全接受的是为人师者负有"传道、授业、解惑"三项职责的精辟阐述。这一阐述，一千多年间已成为一种共识。人们注意不够的，是韩愈所讲"道之所存，师之所存也"这句话。在这里，韩愈将"道"与"师"的关系因果化了，变成了一种前后的关联关系。如果读了《原道》中韩愈对"道"的理解和认识，那么，"闻道"者，便是遵循和实行"仁"、"义"之道的人，也就是可为人师之人。"传道"，就是要传播"仁"、"义"之道。以"闻道"为标准，便无贵贱、长幼之分，谁早"闻道"谁便为人师，这是韩愈《师说》中的一个重要观点。

（十一）

东汉人荀悦著《申鉴》，在"杂言"中，讲了这么一番话："人非下愚，则皆可以为尧舜矣。""行桀纣之事，是桀纣也。""尧舜桀纣之事常并存于世，唯人所用而已。"

这段论述，是讲人的后天可塑性。变成最好的人并不是不可能，变成最坏的人也可做到。他认为，尧舜桀纣这四个人，虽然早不在人世，但从后人的行为中，经常可以寻觅到这四个人的身影。从这个角度看，尧舜桀纣都有一定的"品牌价值"，他们都成了社会生活中某一类人的代表。"并存于世"，讲的是社会生活的复杂性，"唯人所用"是说看人们如何效仿选择。其实，在古今中外，最好的人和最坏的人都是少数，大多数人是中间状态的人，有一定比例优点、也有一定比例缺点的人。这两端的某些人，走了极处，就可能成为圣明贤德的人或者无恶不做的人。

人的这种可塑性，提示大家：后天的家庭影响、知识学习、社会教化、自我修养十分重要，在人性之原本，善良的因子和丑恶的因子共存的情况下，人性朝什么方向转动，人言行的"主流"和"支流"就会不同。善良的因子强大，"主流"就会接近尧舜;丑恶的因子膨胀,"主流"就会靠近桀纣。

人是会变的,最初的人,中间的人,最后的人,可能不在一条直线上,相当一部分人走的是曲线。正如范仲淹《瀑布》中所问:"迥与众流异,发源高更孤,下山犹直在,到海得清无?"对每个人来说,从"起点"到"终点",漫长人生路该怎么走,会有一条怎样的曲线,都始终是个大问题。

(十二)

《郁离子》中记载了司马季主论卜的故事。其文如下:

> 东陵侯既废,过司马季主而卜焉。季主曰:"君侯何卜也?"东陵侯曰:"久卧者思起,久蛰者思启,久懑者思嚏。吾闻之:蓄极则泄,闷极则达,热极则风,壅极则通。一冬一春,靡屈不伸;一起一伏,无往不复。仆窃有疑,愿受教焉。"季主曰:"若是,则君侯已喻之矣,又何卜为?"东陵侯曰:"仆未究其奥也,愿先生卒教之。"
>
> 季主乃言曰:"呜呼!天道何亲?惟德之亲;鬼神何灵?因人而灵。夫蓍,枯草也;龟,枯骨也,物也。人,灵于物者也,何不自听而听于物乎?且君

侯何不思昔者也?有昔者必有今日。是故碎瓦颓垣,昔日之歌楼舞馆也;荒榛断梗,昔日之琼蕤玉树也;露蛩风蝉,昔日之凤笙龙笛也;鬼燐萤火,昔日之金釭华烛也;秋荼春荠,昔日之象白驼峰也;丹枫白荻,昔日之蜀锦齐纨也。昔日之所无,今日有之不为过;昔日之所有,今日无之不为不足。是故一昼一夜,华开者谢;一秋一春,物故者新。激湍之下,必有深潭;高丘之下,必有浚谷。君侯亦知之矣,何以卜为?"

故事发生在西汉初年。

猛看,两个都是"明白人",谈的是"明白事"。细读此文,会发现东陵侯召平和算卦人司马季主二人还是有分歧的。所异之处,是司马季主思想认识更深刻些、论理功底更厚实些。

精通《易经》和黄老之术的司马季主,把天道、人德、鬼神之间的关系讲透了。天道助何人?有德之人。鬼神何以灵验?人信之者则灵。世间万物,物异理通,盛衰存亡更替,皆有发展变化之规律。他实际上给东陵侯召平上了一课,最关键的话是:"昔日之所无,今日有之不为过;昔日之所有,今日无之不为不足。"这就是无情之辩证法。

东陵侯是召平在秦朝所得赏封,汉替代秦后,召平被废为平民。这种落差,在朝代更替中并不少见。这也足见个人在历史进程中的渺小。

司马季主讲自然界的规律,没有离开对人间世变的结合。两个人的对白,留给世人的启发是多层面的。

（十三）

《素书·本德宗道章第四》中讲：

> 夫志心笃行之术：长莫长于博谋,安莫安于忍辱,先莫先于修德,乐莫乐于好善,神莫神于至诚,明莫明于体物,吉莫吉于知足,苦莫苦于多愿,悲莫悲于精散,病莫病于无常,短莫短于苟得,幽莫幽于贪鄙,孤莫孤于自恃,危莫危于任疑,败莫败于多私。

这段话,讲的是"志心笃行之术"。

"长"、"安"、"先"、"乐"、"神"、"明"、"吉"、"苦"、"悲"、"病"、"短"、"幽"、"孤"、"危"、"败"……在百字之间,作者归纳简洁,观点鲜明。总体上说,是要求人修炼内功，以德为本。抛开一定的社会环境不谈，就每个人来说，懂得"自治自修"，甚为必要。但人是在一定的社会环境中生活的，"内在"与"外在"是相互关联和相互作用的。社会是由众人组成的，众人中的每个人都是社会的因子。社会的每个因子，在一定的条件下，若都能呈现健康而积极的作用，则此社会便是稳定发展的。若社会上少量因子尤其是重要因子发挥着不良的作用，则会减缓社会进步的速度。如果社会上相当多的因子消极腐败了，那整个社会的安稳和前行就会遇到难以克服的障碍。对某个个人来说，自己所处时代的社会环境，是多多的他人和少少的自我组成的。多多的他人便是"背景"，少少的自我便是"个人"。"背景"改变要靠大家，而"个人"的"自治内修"则要靠自己的不懈努力。这一点，也不可忽视。就整个社会而言，提倡一种理想和目标的共建，与提倡个人的"自治自修"，是同等的重要。

（十四）

《吕氏春秋》中写道："夫水之性清，土者抇之，故不得清。人之性寿，物者抇之，故不得寿。物也者，所以养性也，非所以性养也。今世之人，惑者多以性养物，则不知轻重也。不知轻重，则重者为轻，轻者为重矣。若此，则每动无不败。以此为君，悖；以此为臣，乱；以此为子，狂。三者国有一焉，无幸必亡。"这番话，讲的是人生应如何对待"物欲"的问题。在一些人"舍本求末"，过于看重外物（财富、名声、权位等）的时候，敲敲警钟，使人清醒地掂出"轻"与"重"，很有必要，过于看重外物，除了会损害宝贵的生命，还常会丢失人间真情（友情、爱情、亲情），变成精神上的乞丐。

外物的诱惑，作用于内心世界，形成了人的权力欲望、物质奢求和名利思想。人一懂事，要成家立业，要融入社会，要书写自己人生的篇章，最难处理也是最当紧的，就是确立自己的人生观，本质上就是对"活着为什么"、"得到什么最重要"这类问题的选择。

谈到外物的诱惑，有的人常这样为自己开脱："我是社会的人，不是我要看重钱财，是社会环境决定的。没有这些外在的东西，我在社会上根本找不到自己。"的确，人之所以为人，是因为人拥有社会性。但是，人的社会性，并不是指简单的社会环境影响。人的社会性，是社会所有个人的关系的总和，它既包含了社会对任何一位个人的影响，也包含了任何一位个人对社会的影响。社会对个人的影响，是"外在"的力量。而个人对自己言行的选择，"内在"的作用相当关键。看待物质条件，衡量利益得失，社会影响对人都大体一样，但每个人的选择往往差异甚大。《鬼谷子》中有一句话，说得颇耐人寻味："故物归类，抱薪趋火，燥者先燃；平地注水，湿者先濡。此物类相应，于势譬犹是也。"这里讲的是"外因"与"内因"的相互作用关系。燃柴之理，浇水之理，可以前后左右推之，"百事一道"、"百度一数"之理是也。

外物，尤其是一定的物质生活条件，不是不重要，它是维护生命延续的基础。衣食住行，是人类生活的基本要素。问题的关键，是正确看待它的作用。人生的价值，不在从"外物"中吸取了什么营养，而在于吸取了"营养"后开了什么花、结了什么果，为社会、为人类留下了什么、奉献了什么。固然，没有外物的"营养"就没有人的生命，但有足够的"营养"而不开花结果，或者开了有毒的花，结了有害的果，这生命有何意义？"贵己"的思想，不仅是养生之理，应有更宽泛的内涵。

（十五）

《列子》中讲了一个故事："昔齐人有欲金者，清旦衣冠而之市，适鬻金者之所，因攫其金而去。吏捕得之，问曰：'人皆在焉，子攫人之金何？'对曰：'取金之时，不见人，徒见金。'"

人间常有"见钱眼开"的事例，有的人只要见了钱干什么都行，怎么办都行，有了钱可以为任何事、任何人开绿灯。

实际上，还有一种情形，叫"见钱眼闭"，就是只要看见了钱，其他什么东西都看不见了，不在眼中了。《列子》中讲的这位齐国人，就是其中一位。"见钱眼闭"的人，轻者偷拿，重者抢夺，图财害命者亦不少。"取金之时，不见人，徒见金"，很可笑，也很可悲。图财害命的人，又分两类。一类是为了得到财富不惜陷害、杀害别人；另一类是因为贪财触犯国法被惩治甚至丢了个人性命。害人命与害己命，都是"见钱眼闭"症的后果。

"见钱眼开"与"见钱眼闭"，都是不轻的病症。人被钱财所奴役，可贵的生命被钱财践踏，实在是本末倒置，舍重取轻。遗憾的是，这类事未曾断过，这类人亦未曾绝迹过。

（十六）

明方孝孺在《杂诫五章》中说："爱其子而不教，犹为不爱也。教而不以善，犹为不教也。有善言而不能行，虽善无益也。故语人以善者非难，闻善而不懈者为难。"这一连串的"理念递进"，说的是"有"和"无"的辩证法。"爱其子而不教"，这个"爱"看似有，实际无；"教而不以善"，这个"教"看似有，实际无；"有善言而不能行"，这个"善"看似有，实际无。方孝孺最后的落脚点是："故语人以善者非难，闻善而不懈者为难。"

人世间不乏爱，父母之爱最为高尚和无私。但细分析起来，真正真切、有益的爱，要比表面上的爱少得多，而它正是人类社会赖以生存、发展的根本。"爱"引出了"教"，"教"引出了"善"，将"善"挂在嘴上还不行，还要持之以恒地去实践。这些道理，看起来并不深奥，亦不难叙出其要领，但做起来，坚持做下去，又实在不易。

（十七）

史籍中有关王羲之的故事甚多。《晋书》上记述的他和卖扇子老婆婆的事耐人寻味。

王羲之在蕺山见到了一位老婆婆，她正拿着六角竹扇出售，"羲之书其扇，各为五字。"老婆婆刚开始很不高兴，以为这扇子没人要了。王羲之对老婆婆说：你只说是王某某写的就可以了，保证你的扇子卖到一百钱。"姥如其言，人竞买之。"故事还没有完，"他日，姥又持扇来，羲之笑而不答。"王羲之对老婆婆态度的变化，以及老婆婆对王羲之态度的变化，都是一百八十度。王羲之先是"主动"写字，老婆婆不情愿接受；老婆婆"主动"要求写字，王羲之反而"退却"了。这种戏剧性的变化，是人世间一种富有哲理的现象。"名"的力量和

"钱"的力量，在这种变化中进行着较量，"名"可以换"钱"，但"钱"不能换"名"。"名"是知识水平、学问大小、修养高低、艺术造诣深浅的集合，而"物"的含量中只有钱的分量。老婆婆不能理解王羲之态度的"急转弯"，她在纳闷中看不透的，正是王羲之"笑而不答"的道理。

"悟"与"不悟"，虽有天壤之别，但在每一具体处，"起点"似乎都很"小"。王羲之扇上写字的故事，就是例证。

（十八）

柳宗元的《蝜蝂传》属一篇奇文，奇在为一种小虫子"树碑立传"。蝜蝂，是一种善于背东西和喜好爬高的小虫子。在往前走时，只要碰见一件东西，它总是把这件东西捡起来，放在自己身上背着。"背愈重，虽困剧不止也。其背甚涩，物积因不散，卒踬仆不能起。人或怜之，为去其负。苟能行，又持取如故。""又好上高，极其力不已，至坠地死。"柳宗元为这种小虫子作传，重在讲当世之贪者。"今世之嗜取者，遇货不避，以厚其室。不知为己累也，唯恐其不积。及其怠而踬也，黜弃之，迁徙之，亦以病矣。苟能起，又不艾，日思高其位，大其禄。而贪取滋甚，以近于危坠，观前之死亡不知戒。虽其形魁然大者也，其名人也，而智则小虫也。亦足哀夫！"

柳宗元生于公元773年，卒于公元819年，短暂的46岁生涯中，从少年得志，到中年失意，他对世态炎凉和封建体制的弊病有了较深刻的认识。他在被贬永州时，写了大量诗文名篇，如《捕蛇者说》等。柳宗元在《蝜蝂传》中，以蝜蝂做"引子"，着重评点了社会上的"小虫子"——贪官污吏。"虽其形魁然大者也，其名人也，而智则小虫也。"

时至今日，读柳宗元的《蝜蝂传》，仍觉富有新意。在今天，在今后，蝜蝂式的人物还存在，还会继续存在，这是蝜蝂式人物的悲剧，也是人类社会的悲剧。

（十九）

《吕氏春秋》载："墨子见染素丝者而叹曰：'染于苍则苍，染于黄则黄，所以入者变，其色亦变，五入而以为五色矣。'故染不可不慎也。"

世间人际交往，从家庭到社会，彼此的言谈举止，实际上都有着交叉的影响效应，换句话说，是相互"感染"。"近朱者赤，近墨者黑。"指的就是"感染"的结果。孟母三迁，为的是躲避某些不良的"感染"。"慎交友"的提醒，讲的也是这个道理。

"感染"是一个过程。一块白布，染成重色，需要一定的时间，亦需一定量的"化学染料"。一个人要变成"某种人"，也需要一定时间和一定量的"社会染料"。当社会环境中"某种人"极普遍的时候，哪一个个体要换一种"颜色"，是很惹人眼的。回头看人类历史，积极向上的东西之所以一直占据着主导，说明真善美的"感染"能量是最为强大的。但是，"社会染料"中也有少量"杂质"、"变质"的成分，也给人们的生活空间带来了一些灾难和危害。从整体上看，往远了看，真善美的一切，包括亲情、爱情、友情，总是人类的大多数最为呵护和珍惜的。

（二十）

《阴符经》共四百余字，托名黄帝所撰，是道教经典著作，与《道德经》、《南华经》地位同等，颇受人们关注，也有毁誉不一的评价。篇中"瞽者善听，聋者善视。绝利一源，用师十倍。三反昼夜，用师万倍"之句，很值得细细琢磨。盲人为何听力好？聋子为何眼力强？人没了某一项功能，反而"助长"了另一项功能，这是为什么？若人各项功能齐全，是否会各项均平淡无奇，再无"助长"可能？专心致志，究竟有多大潜力？项羽背水一战，大胜秦军，置死地而后生，道理岂不是"绝利一源，用师十倍"？

人天生许多潜能。人又天生些许惰性和愚钝。许多潜能因些许惰性和愚钝，由江河变成了涓涓细流。若世世代代人人个个都能"善听"、"善视"，世界岂不更加灿烂辉煌？人民生活岂不更加富裕美好？

惰性和愚钝，经常表现为人为的种种障碍，妨碍了人们"善听"、"善视"潜能的发挥和展示。这障碍为人所设，又害人匪浅，破之除之，还要靠人。到了"绝利一源"，人这才做到了"用师十倍"，是早了还是迟了？

（二十一）

《阴符经》中有一句话，听起来似乎"很简单"，品味起来又会感到"极复杂"。这句话是："天之至私，用之至公。"

从"天之至私"，想到了李贺的诗句："衰兰送客咸阳道，天若有情天亦老。"天者，大自然也。大自然有大自然的运行规则，如"不为尧存，不为桀亡"之说。正是这种冷漠和无情，才为所有人提供了公平的生存环境，穷人和富人，头顶都有阳光和雨露；无论权位高低、财产多寡，都有生有死，都不过几十年、百年的寿命。苍天对人无亲无疏，无远无近，反而给了人以自奋自励的压力和动力。这种一视同仁，比之人自己凭感情用事、凭感觉处世，无情无义中实在显得有情有义。其实，人也不过是大自然中的成员，人类社会的许多规律，不过是大自然规律的一部分。人间正道，左右着人类社会生活，古往今来，概莫能外。古人讲过："世有三亡"，即以乱攻治者亡，以邪攻正者亡，以逆攻顺者亡。社会发展，亦有其不可抗拒之规律和定数。如"多行不义必自毙"，如"逆历史潮流而动者必被历史所抛弃"，等等，都显示了社会规则的力量。

在人间，有日月；在大自然，日月又不专属于人类。不论人间安乱、悲欢、喜怒、哀乐，日朝升暮落，月夜出晨没。张若虚在那首著名的《春江花月夜》中写道："人生代代无穷已，江月年年只相似。"作为人类，自当清醒理智，顺应大自然，像天公一样处事以公，彼此应和睦相处，互助互爱，合作发展，共度此世今生。

（二十二）

《菜根谭》讲："好动者云电风灯，嗜寂者死灰槁木；须定云止水中，有鸢飞鱼跃气象，才是有道的心体。"这番话，是讲"动"与"静"的辩证法，也是讲修身养性的真谛。此中难以让人理解的，是"定云止水"这四个字。大自然中，有没有静止的浮云和一动不动的水面呢？恐怕没有。

《菜根谭》的作者洪应明讲的,当然是个比喻。想来他一定知道"定云止水"这四个字的灵机,并不是可以从字面看出的。就字面去讲,"定云止水"中,鸟儿飞翔,鱼儿欢跳,是何等谐美的景象?人生能把握到如此的处事、处世分寸,实在是造化颇深。

静止的空中鸟儿飞,不动的水中鱼儿跳,比起盲动和呆静,岂不是大智大悟者的胸怀?"动"与"静"是事物状态的两极,但又是相对的。每一个人的每一刻,只是二者此长彼消到一定比例的凝合。做到动静合度,恰到好处,并不是件易事,因此也不可能人人能享其益,也总有走极端的人深受其苦。

卷四

- 在用人问题上,曹操当然不是十全十美之人,说他是"功七过三"、"七分明白,三分糊涂",恐怕比较妥帖。

- 范仲淹也好,王安石也罢,他们的冲破黑暗的改革胆识和勇气,虽只有"流星效应",但其光芒是耀眼的、璀璨的。

- 李斯的经历,透出了其内心世界的矛盾。他"放不下"的东西,多是"外在"的,而最终把"内在"的也丢掉了,变成了"里外两空"。

- 世间的人,对嫦娥有无的问题,早就不放在心上了。人们惦记着这位女子,实在是另有难言之心绪的缘故。

寻人与识人

（一）

《三国志》载：建安十五年，曹操曾下《求贤令》，提出"惟才是举"，或"被褐怀玉"之人，或"盗嫂受金"之徒，只要有真才实学，均可招。连毛病突出的人都能加以使用，足见曹操用人之诚切。

曹操的用人之术，是有争议的。尤其是在对待杨修这件事上，争议更大。杨修的遭遇，是因曹操"心眼太小"还是杨修"聪明反被聪明误"，后人评说不一。曹操用人之道，其实也充满了矛盾。他时而心胸宽广，容量极大，时而疑心重重，甚为狭窄。毕谌欺骗过他，他不计前嫌仍然授官，魏种背叛过他，捕获后仍能松绑善待。曹操能成就一番事业，与他敢于用人、善于用人有关。但对杨修、对华佗、对孔融，还有一些人，曹操也显得不够气量，落了一些连后人都不觉过分的"骂名"。

在用人问题上，曹操当然不是十全十美之人，说他是

"功七过三"、"七分明白,三分糊涂",恐怕比较妥帖。其实,在用人问题上,曹操更显出了务实的一面,他不图虚名,惟才是举,左右中出身寒微低贱的人不少。在动荡年代,不失高明。至于他用人方面的失误,则是他整个人生素质不够完善的必然产物。

(二)

魏国信陵君的遭遇,颇令人同情和惋惜。后人评析其"不顺"的原因,多数人将责怪的目光投向了魏安釐王。但是,我们也不应忽视另一种看法,这种看法认为信陵君饮下的苦酒中,有自己添加和酿造的成分。有人就认为,信陵君"窃符救赵",似乎"手法不当",是"邪门歪道",非正人君子当为。实际上,在诸多问题上,他的"机智"、"威望",大有"盖主"之势,这也为他埋下了祸根。信陵君与魏安釐王下棋,边境警报响起后两人的不同反应,就是一例。有人分析,在封建社会里,魏安釐王对信陵君的猜忌,是十分正常的。换了另一个人,也会像魏安釐王一样,难以容下信陵君这样的"超凡之士"。从这个角度看,信陵君"吃亏"在于自己谨慎不够,在于对封建专制制度本质认识不够。魏安釐王是封建制度塑造的一类角色。封建制度本身,是要吃人的，信陵君不过是被吃掉的人中的一个。

列出这些观点，并不是否定信陵君。信陵君是人杰，这不应有问题。听听不同意见，除了同情和惋惜，再多一个角度看人论事，也许有些益处。

（三）

梅曾亮生于1786年，卒于1856年，清道光二年进士，官至户部郎中，系桐城派重要作家。著有《柏枧山房全集》。《韩非论》是全集中一篇引人注目的文章。

韩非之死，与李斯等人陷害有关，也是"祸从口出"所致。梅曾亮此文，立论的重点是说游说之士往往"聪明反被聪明误"，"非之为《说难》，非之所以死也"。梅曾亮在批评韩非的同时，也表达了一定的同情，更揭示了封建政治体制里君王"纳谏"的本质。司马迁有"韩子为《说难》而不能自脱耳"之语；梅曾亮有一观点："且古今著书立说之士，多出于功成之后者，不然，则无意于世以潜其身。"这些"旁观者语"，应该说也算有见地。看韩非的《说难》，想到了历史上因谏而招致灾祸的一群。这些人，有的不知"进言"后的赏罚得失，有的事先早已料知"结局"，在封建政治体制下，这群人始终以自己的良知和信念，忧国忧民，支撑着单薄的身躯前赴后继，未曾绝过。比干是例子，韩非是例子，晁错是例子，海瑞是例子。在封建政治体制下，"装聋作哑"的人灾少，遁隐林野的"隐士"安闲，而"思想超前"忧国忧民的仁人志士，多受风吹雨打，或被贬，或遭杀戮。他们这样做的价值和意义，不在于他们自身一时的荣辱安危得失，而在于他们的言行对社会进步的贡献，在于他们陷入厄运境地赢得的后世后人的尊敬、缅怀和颂扬。

（四）

管同作为清道光五年举人，51个春秋的生涯，终身未仕，却得闲写了大量文章，留下《因寄轩文集》。书中有一篇颇有争议的《蒯通论》。

蒯通者，蒯彻也，楚汉战争中的著名辩士，曾两度为韩信出谋划策。对蒯通之计，韩信听了一半，即抢夺齐地按蒯通意见办了。蒯通建议韩信与刘邦分手，形成韩、刘、项"三足鼎立"，韩信没接纳这一建议。韩信被杀之前，曾长叹一声："吾悔不用蒯通之计。"这一长叹，叹的就是后一次韩信未采纳蒯通的"另立山头"之计。

管同议论蒯通，持的是彻底否定的态度。管同认为，秦亡后，天下只剩刘邦、项羽二雄，谁胜谁败，即将有结果，

"当是时，天下一日不平，则百姓一日被其毒，毒之去也，待乎刘、项雌雄之决。为蒯生者，宜教信以速灭项王之策，使四海之内晏然无复战斗之危，而民安其所，则所称天下士矣。知信之能安天下，而教之以乱，听其计，成与败未可知，而于意究何所取乎？两虎斗中原，伤人无算，不足，又驱一虎继之。彼蒯生者，抑何其不仁也！""使通诚爱信，则必思所以终全之矣。说之以三分，不听而遂无复计，是使世之为人谋者，必使臣子判其君父，而非是则无以自全也。彼蒯生者，抑何其不义也！"

"不仁"，又"不义"，这是管同对蒯通的总评。这里，有三个问题：

第一，蒯通该不该为韩信出谋划策，劝其反对刘邦？

第二，韩信若接受蒯通之策，结果会如何？

第三，管同的观点是否正确？他对蒯通的评价是否公允、客观？

蒯通这个人，劝韩信，是从"勇略震主者身危，而功盖天下者不赏"这一点出发的，这已被不幸言中。蒯通当然还有一种劝法，就是劝韩信"收起锋芒"，"夹着尾巴做人"，如同召平、鲍生劝萧何委曲求全一样。但蒯通不是召平、鲍生，他希望韩信走一条"另立山头"的道路，以保全自己。从

"各为其主"的角度看，蒯通不该受到谴责。但是，从早日实现统一天下、消除战乱的角度，蒯通之策，也会给社会带来极大的负面作用。

若韩信用了蒯通"另立山头"之策，结局是不是如蒯通所言，也不能肯定。韩信有韩信的长处，亦有他自身无法克服的弱点。刘邦善用萧何、韩信、张良等人，说明他有高人一筹之处。韩信若"另立山头"，韩、刘、项三人能唱出一台什么样的争斗戏，很难料想，但结局可能性最大的，败家仍是韩信、项羽。至于韩信该不该在功勋卓著后被谋杀，那是另一回事。公平地说，刘邦和吕后杀掉韩信，做出绝情之事，显得很不光彩。韩信的下场不该如此。

对蒯通的做法，管同一味否定，也不妥当。在群雄逐鹿的年代，生死存亡，何去何从，不能离开当时的社会环境看人论事，现实社会中，"抽象概念"并不存在。蒯通可能不该出此策划，但用"不仁"、"不义"这个评价，未必公允、中肯。

（五）

《史记·酷吏列传》中，记录了一个叫张汤的人的事迹，读下来，极似班固《汉书》中所载那个酷吏严延年。

看张汤，先看他生前。

张汤是西汉杜县（今陕西西安东南）人，这个人物一出场，便显不凡："其父为长安丞，出，汤为儿守舍。还而鼠盗肉，其父怒，笞汤。汤掘窟得盗鼠及余肉，劾鼠掠治，传爰书，讯鞫论报，并取鼠与肉，具狱磔堂下。其父见之，视其文辞如老狱吏，大惊，遂使书狱。父死后，汤为长安吏，久之。"

张汤审鼠，成为千古佳话，这个故事的真实性如何，并不要紧，它透出的是张汤依法办案的精神。

张汤办案，有个特点，功归于人，过归于己。"奏谳疑事，必豫先为上分别其原，上所是，受而著谳决法廷尉絜令，扬主之明。奏事即谴，汤应谢，乡上意所便，必引正、监、掾史贤者，曰：'固为臣议，如上责臣，臣弗用，愚抵于此。'罪常释。间即奏事，上善之，曰：'臣非知为此奏，乃正、监、掾史某为之。'其欲荐吏，扬人之善蔽人之过如此。"

张汤办案，也有令人不安的手法："所治即上意所欲罪，予监史深祸者；即上意所欲释，予监史轻平者。"

张汤办案，劫富济贫，击强扶弱。"所治即豪，必舞文巧诋；即下户羸弱，时口言，虽文致法，上财察。于是往往释汤所言。"

张汤官至御史大夫，权倾一时，"汤每朝奏事，语国家用，日晏，天子忘食。丞相取充位，天下事皆决于汤。"

张汤办案，触及了不少豪强的利益。在官场，他也树有一些政敌。由御史中丞李文案，张汤最终走向了末路，在不服罪中自杀。

看张汤，还要看他死后。

张汤死后，人们发现，其家产"不过五百金，皆所得奉赐，无他业"。这说明了张汤之廉洁。

张汤死了，他的兄弟和几个儿子想厚葬他。但是，他的母亲却说："汤为天子大臣，被污恶言而死，何厚葬乎！"结果，家人用牛车拉着张汤下葬，棺木也十分简薄。皇上听说了这件事，感叹道："非此母不能生此子。"

班固写严延年，也写到了严延年的老母，也写到了严延年的劫富济贫、严延年的手段残忍、严延年的个人结局。两位母亲，养育了两个成为酷吏的儿子。两个酷吏的结局，又令两位母亲伤心不已。母亲的伤心，是他们的儿子带来的吗？不是，是那个人吃人的黑暗的封建社会。

司马迁评价张汤，算是比较公平："张汤以知阴阳，人主与俱上下，时数辩当否，国家赖其便。"他在酷吏传中，讲了郅都、张汤、杜周等十个人，认为这些人"虽惨酷，斯称其位矣"。司马迁还认为："然此十人中，其廉者足以为仪表，其污者足以为戒,方略教导,禁奸止邪,一切亦皆彬彬质有其文武焉。"

张汤,审过别人,别人也审过他;陷害过别人,也被人陷害。总而言之,评论张汤,算清廉,不算公正;算酷吏,不算本质上的坏人。

（六）

《史记·滑稽列传》中,东方朔这个"狂人"颇引人注目。

东方朔是汉武帝时人,"以好古传书,爱经术,多所博观外家之语"。刚到京城,东方朔做了一件奇事,"至公车上书,凡用三千奏牍。公车令两人共持举其书,仅然能胜之。人主从上方读之,止,辄乙其处,读之二月乃尽。"

东方朔被拜了郎官后,显得贪吃、贪财、贪色,人称"狂人"。得知人们如此看他,东方朔竟毫不在乎地说:"如朔等,所谓避世于朝廷间者也。古之人,乃避世于深山中。"汉武帝也批评"说闲话"的人:"令朔在事无为是行者,若等安能及之哉!"看来,皇帝真的看明白了他三千枚木牍的"上书"。

东方朔的不凡,在他临死时候表现出来了。《史记》载:

至老,朔且死时,谏曰:"《诗》云'营营青蝇,止于蕃。恺悌君子，无信谗言。谗言罔极，交乱四国'。愿陛下远巧佞，退谗言。"帝曰："今顾东方朔多善言？"怪之。居无几何，朔果病死。传曰："鸟之将死，其鸣也哀；人之将死，其言也善。"此之谓也。

东方朔认为自己生活在"圣帝在上，德流天下，诸侯宾服，威振四夷"的年代，不需要有什么作为。成为"避世于朝廷间"的"新型隐士"，也就很自然了，这是他自己的人生定位。

东方朔不是一个糊涂人，却有一副糊涂人的派头。这类隐士，其内心世界永远是清醒的。更多的人，看见的是其放荡不羁的"外在"，是其"异乎寻常"的种种丑态和怪形。

（七）

《史记·孟尝君列传》中，讲到了冯骥这个人物，给人印象最深的，是他"弹其剑而歌"，接连提出了"长铗归来乎，食无鱼"，"长铗归来乎，出无舆"，"长铗归来乎，无以为家"三个涉及"级别"、"待遇"而令孟尝君头疼的问题。

冯骥"居期年"，"无所言"，自然也没为孟尝君出过什么力、办过什么事。再后来，事情有了变化。"真人不露相"的冯骧接连帮着孟尝君办了三件大事，"烧券书"赢得人心是一桩，帮孟尝君"复其相位"是一件，但更见冯骧功底的，是他在孟尝君再次任齐国宰相之后，对孟尝君讲的一番谈论"食客"的话。

当初，孟尝君失去相位，众食客全都走了。今日孟尝君复相，这些人又回来了。孟尝君觉着这些人太势利，想羞辱这些食客。但是，冯骧却另有看法，他对孟尝君说："生者必有死，物之必至也；富贵多士，贫贱寡友，事之固然也。君独不见夫趣市者乎？明旦，侧肩争门而入；日暮之后，过市朝者掉臂而不顾。非好朝而恶暮，所期物忘其中。今君失位，宾客皆去，不足以怨士而徒绝宾客之路。愿君遇客如故。"孟尝君恍然大悟，不仅听进去了，也照办了。

冯骧这番话，说得直截了当，"简单"无比，又深刻至极。联想到他刚入孟尝君府时连提的三个条件，再到"非好朝而恶暮，所期物忘其中"这句话，冯骧是不是大彻大悟之士？懂得利益与懂得情义同样重要。这是冯骧告诉孟尝君的，也是他告诉后人的。虽然人与人之间利益关系太平俗，但却使人与人之间的情义凸显出来，如隆冬时节梅花之香受人珍爱，成为无价。从这个意义上讲，冯骧是个真实的明白人。

（八）

《史记》中《苏秦列传》和《张仪列传》是很独特但又很耐读的文章，在那个动荡的年代里，张仪与苏秦这类人物的出场和退场，都是历史之必然。在历史的十字路口，"问路人"多，"指道人"亦多；"问路人"的动机各式各样，"指道人"的投机方法也五花八门。苏秦和张仪是历史上"指道人"中的杰出代表，若说他们有成功的地方，那是历史环境使然；若说他们有其可悲的下场，那也是历史环境使然。"顺势而生"，又"逆势而灭"，似乎难逃自然法则。司马迁对这两个人的总评是："要之，此两人真倾危之士哉。"他对这两个人物的活动能量，也给予了足够的肯定。但是，他在"太史公曰"中说："夫苏秦起闾阎，连六国从亲，此其智有过人者。吾故列其行事，次其时序，毋令独蒙恶声焉。""三晋多权变之士，夫言从衡强秦者大抵皆三晋之人也。"

司马迁详细叙述了苏秦、张仪从低下到富贵的发迹过程，反映了这两个人摇舌鼓唇的能量及评析时政的主张，也透视出了这两个人的恶劣品质及投机本性。字里行间，司马迁更展示了苏秦、张仪所以表演的社会舞台。

(九)

《三国志》对庞统有如下记载:"庞统,字士元,襄阳人也。少时朴钝,未有识者。颍川司马徽清雅有知人鉴,统弱冠往见徽,徽采桑于树上,坐统在树下,共语自昼至夜。徽甚异之,称统当为南州士之冠冕,由是渐显。后郡命为功曹。性好人伦,勤于长养。每所称述,多过其才。时人怪而问之,统答曰:当今天下大乱,雅道陵迟,善人少而恶人多。方欲兴风俗,长道业,不美其谭即声名不足慕企,不足慕企而为善者少矣。今拔十失五,犹得其半,而可以崇迈世教,使有志者自励,不亦可乎?"

庞统所处的时代,不仅是动荡的岁月,也是弱肉强食的岁月。在那样一个苦难深重的时代里,相当一部分人的心灵蒙上了烟尘,人性变得扭曲,黑白颠倒,是非不分,人身上真善美的东西遭到了无情的冲击。庞统看到了人间正道的衰弱,但仍竭力维护人间美好的一切,"矮子里面拔将军"既是一种无奈的选择,也是一种高明之举,富有远见。一个瓶子只装了一半的水,悲观的人说:"这瓶子里上半截空着。"乐观的人说:"瓶子里有半瓶水。"庞统便是乐观主义者。"多过其才",不是停留在人才现有的水平上,而是抱有一种期待。

"拔十失五，犹得其半"，体现了一种积极的建设意识。在那充满了尔虞我诈的氛围里，弘扬正气，鼓励上进，显得格外重要。在黑暗里，拨亮灯火的意义巨大无比。中华民族几千年来历经磨难，但真善美始终是人民的血脉，代代相传，不曾断流。它有时是涓涓细流，有时是大河奔流。在社会动荡的年代里，河道被泥沙堵塞，水流不畅，这时候，需要疏浚河道的智者！庞统是这智者中的一位。

（十）

《晋书·陈寿传》中，记有两件贬责陈寿的"小事"。一件说他曾对丁仪、丁廙的后人讲："可觅千斛米见与，当为尊公作佳传"，"丁不与之，竟不为立传"；另一件事，讲的是"寿父为马谡参军，谡为诸葛亮所诛，寿父亦坐被髡，诸葛瞻又轻寿，寿为亮立传，谓亮将略非长，无应敌之才，言瞻惟工书，名过其实"。这两件事，头件说的是陈寿贪财，给千斛米的就写"佳传"，不给就不为立传；第二件讲的是陈寿公报私仇，心胸狭窄，气量太小。对一个史学家来讲，这两条"罪状"，可谓"击中要害"，足以全盘否定。

陈寿的《三国志》，在史学著作中是站得住脚的。在陈寿身后，有人评论《三国志》是"辞多劝诫，明乎得失，有益风化，虽文艳不若相如，而质直过之"。讲陈寿用立传谋取钱财和在对诸葛亮评价上公报私仇，显然是有人在刻意中伤。陈寿作为魏、晋之臣，对诸葛亮的态度，可能会因为所处的地位及政治立场打些折扣，但他在《表上诸葛氏集目录》中说的"然亮才于治戎为长，奇谋为短，理民之干，优于将略"的评价，总起来讲是比较公允的。善"治戎"、"理民"者能有几人？诸葛亮是也。这评价还不够高吗？非要讲诸葛亮是个"全才"，才算"到位"吗？史之要旨在"实"，呕心沥血著史的人也会被人如此"说三道四"，未免令人寒心。这些攻击的言论，可谓"居心不良"，属"恶语伤人"之列。这类缺乏证据的记述，居然能堂而皇之地写进《晋书》，实在是荒唐。

（十一）

《汉书》中对王莽以"新"代"汉"的过程作了详细记述。王莽运用的手法，也不是太高明，编造"摄皇帝当为真"的痴梦神话，把巴郡出现石牛、雍县出现有文字石头，运到未央宫殿前，又有"天帝行玺金匮图"、"赤帝行玺某传予黄帝金策书"，是想让人们知道他当天子也是"君权神授"，是合天心天意之举。舆论造足之后，"始建国元正月朔，莽帅公侯卿士奉皇太后玺韨，上太皇太后，顺符命，去汉号焉。"

西汉后期，社会危机日趋严重，中央权力受到挑战，外戚宦官频频干政，西汉王朝走向了衰落。王莽的出场，一则"因私"，一则"因公"。说其"因私"，是他个人的权力欲望的极度膨胀，成了封建社会"官场文化"培养出来的一个"怪物"；说其"因公"，是他尚有一种用改良措施缓和社会危机的企图和勇气。当然，说王莽"公心"大、"私心"小也不准确。王莽的"过"，王莽的"功"，是"时人"评的，也是"后人"评的。是他在世、在位的时候人们的评价客观，还是他于公元23年败亡后人们的评价客观，历史会作出公正的回答。

个人看，对王莽这个人，至少要讲三句话：第一，王莽是历史铸就的一个历史人物，那个时代，必然要出现王莽这样类型的一个人物；第二，王莽成在于西汉王朝衰落的大势，败亦在于西汉王朝衰落的大势，他的"改朝换代"，始终没有走出西汉王朝的阴影，从某种意义上讲，他是西汉王朝的殉葬品；第三，王莽的出格，不在于其权力"来路不正"，而在于其有了权力之后用得笨拙和不得要领，用"复古方程式"算计出的"改良结果"往往"幼稚可笑"，"事倍功半"，"朝令夕改"，凡事事与愿违，天怒人怨，荒唐而可悲。

讲这三点，是想说，看王莽这个历史人物，重点不在他"出场经过",而在于他执政水平及其所以上台、下台的历史背景。班固说他"窃位南面,处非所据,颠覆之势险于桀纣",这样看王莽,总有些偏颇。

(十二)

汉武帝刘彻,是个划时代的人物。刘彻生于公元前156年,死于公元前87年,他7岁被立为皇太子,16岁继位,在位54年,对国家的疆土拓展和社会经济发展做出了巨大贡献,历史上有"秦皇汉武"之说。汉武帝的作为,与他善于发现和使用人才有关。《汉书》的作者班固对刘彻的评价是:"汉承百王之弊,高祖拨乱反正,文景务在养民,至于稽古礼文之事,犹多阙焉。孝武初立,卓然罢黜百家,表章《六经》。遂畴咨海内,举其俊茂,与之立功。兴太学,修郊祀,改正朔,定历数,协音律,作诗乐,建封禅,礼百神,绍周后,号令文章,焕焉可述。后嗣得遵洪业,而有三代之风。如武帝之雄材大略,不改文景之恭俭以济斯民,虽《诗》《书》所称,何有加焉。"班固对汉武帝的评价,没有"一分为二"的辩证,几乎是"好话"满篇。在历史上,汉武帝的得分,向来不低,人们往往忽略的是他作为封建君主,也有其残暴、阴诈的一面。如果全面地加以评价,将其与封建统治者"共性"的地方看清楚之后,再议其功过，当然要科学客观了。

认识汉武帝，不能不读汉武帝《求茂材异等诏》。此文，印照了班固的"举其俊茂，与之立功"评价。此文极短，反映了"做大事"的汉武帝对人才的渴求："盖有非常之功，必待非常之人。故马或奔踶而致千里，士或有负俗之累而立功名。夫泛驾之马，跅弛之士，亦在御之而已。其令州郡察吏民有茂材异等可为将相及使绝国者。"这篇诏书，不是求"全才"，而是求有缺点但有某方面才智的人才，显示了政治家的胸怀，更表现了刘彻的远见卓识。"容得下"，才能"用得上"。一个封建帝王能有"不求全才"的眼界，难能可贵。

（十三）

寻刘禹锡的文采，不能不读其小品文《陋室铭》："山不在高，有仙则名。水不在深，有龙则灵。斯是陋室，惟吾德馨。苔痕上阶绿，草色入帘青。谈笑有鸿儒，往来无白丁。可以调素琴，阅金经。无丝竹之乱耳，无案牍之劳形。南阳诸葛庐，西蜀子云亭。孔子云：'何陋之有？'"

刘禹锡生于公元772年，卒于公元842年，曾参与晚唐永贞革新，失败后遭贬，所著文字多针砭时弊，颇见风骨。《陋室铭》所表现的，就是刘禹锡激浊扬清的志向和不苟合时俗的操守。"陋室"，一则示粗简，二则示遥远。《论语·子罕》载："子欲居九夷。或曰：'陋，如之何？'子曰：'君子居之，何陋之有？'"在当年，孔子要去的"九夷"，指的是蛮荒、落后、偏僻的地方。刘禹锡引孔子的话，暗指的也是自己的际遇。刘禹锡以"南阳诸葛庐，西蜀子云亭"的主人公诸葛亮、扬雄自励，并暗指自己的境况和身份。文中表现出了作者的自信心和孤傲性格，"斯是陋室，惟吾德馨"，一副"君子坦荡荡"的胸襟，一种"无欲则刚"的豪情。作为政治家，从政要正。要正，就有可能在邪气太盛的时候，付出一定的代价和成本。对历史而言，邪不压正是大势所趋；就个人来说，某些岁月，甚至一生，会有重挫甚至是牺牲。在封建时代的官场里，被罢遭贬，算是"轻伤"，而相当一些人，如晁错、袁崇焕、谭嗣同，失去的却是此生仅有一次的生命。刘禹锡之叹，恰是一代人，乃至许多代人共鸣的心声：若不能在政坛为民谋福，也要在山野落个清白，纵使从高山落入平原，也要心平如水，恬静逸然。

（十四）

曹植的悲剧在人间的上演，向来碎人心肠。

曹植生于公元192年，卒于公元232年，以40岁的人生离开了这个世界。他聪慧过人，文笔出众。他的遭遇，与已为帝王的曹丕嫉妒其才有关。曹植呢，对曹丕一则有怨，一则有幻想，他无法看透的，是曹丕那种冷酷的、不将曹植逼入绝境不罢休的封建帝王之心。

读曹植的文学作品，有篇文章必须读到，这就是《求通亲亲表》。这是他死前一年给曹丕写的一封信，其复杂之心情，跃然纸上。曹植以"臣闻天称其高者，以无不覆；地称其广者，以无不载；日月称其明者，以无不照；江海称其大者，以无不容"开篇，是想劝曹丕作为君主应有博大心胸，不必连自己的弟弟都容不下。

接着，曹植讲了自己被闲置、被隔绝、被冷落的痛苦处境和"窃自伤"的心情，倾诉了希望"叙骨肉之欢恩"的期盼，也表达了希望有施展才智机会的愿望。

曹植在信中更向曹丕表示了"忠心"："若葵藿之倾叶，太阳虽不为之迴光，然终向之者，诚也。臣窃自比葵藿，若降天地之施，垂三光之明者，寔在陛下。"

曹植生于王室，却无常人之欢乐。一个弟弟向兄长"讨要"的，是平常人家最为平凡的东西——兄弟之情、骨肉之亲。可是，他最终还是失望了。曹丕读这封信，会像读"七步诗"一样，有一时之感动，但政治上的考虑会压倒曹丕心里升腾的凡人情感,终是融化不了他的冷酷。

读《求通亲亲表》,最难忘的,是这么几句话:"每四节之会,块然独处,左右唯仆隶,所对唯妻子,高谈无所与陈,发义无所与展,未尝不闻乐而拊心,临觞而叹息也。"其实,封建时代生于王侯之家的生活不幸之人,何止于曹植一人?曹植不过是将"墙内"感受表达出来而已。夺人亲情的东西,权欲、金钱是首祸。曹氏兄弟的悲剧,究竟警醒了多少后人,实在值得反思叹喟。

(十五)

华佗被曹操所杀,实为历史上的大悲剧之一。这笔"血债"当然记在曹操身上,也使这位豪杰的名声打了折扣。《三国志》载:"佗恤死,出一卷书与狱吏,曰:'此可以活人。'吏畏法不受,佗亦不强,索火烧之。"若史书记载无误,这"一卷书"的佚亡,又是人间之大不幸。

在华佗和曹操之间,究竟发生了什么,实际上后人难以全知全晓。华佗为曹操治病,是见效的,所以曹操离不开华佗。然而华佗却不愿留在曹操身边,借妻病为由而一走不回,屡召不应之后,曹操动怒,将华佗抓入牢狱,拷打致死。荀彧曾劝曹操:"佗术实工,人命所悬,宜含宥之。"而处于愤怒情绪中的曹操听不进这劝说了，他大声叫道："不忧，天下当无此鼠辈耶？"

后人推测，华佗是"看不上"曹操的人品，"看穿了"曹操阴谋篡汉的野心。这当然算一种说法。就史书而言，《三国志》说他"本作士人，以医见业，意常自悔"，似乎是说他并非是因对曹操有什么成见，而是对从医之道有了动摇。陈寿这么写，有什么根据，难以得知，但找到了一个"理由"，也算为曹操铺设了一个可下的台阶。

（十六）

悼文繁多，情真意切者几何？祢衡，字正平，汉末文学家，曾以裸身击鼓骂曹操而闻名。《吊张衡文》是祢衡真诚深沉的知音之作。

> 南岳有精，君诞其姿；清和有理，君达其机。故能下笔绣辞，扬手文飞。昔伊尹值汤，吕望遇旦，嗟矣君生，而独值汉。苍蝇争飞，凤凰已散。元龟可羁，河龙可绊。石坚而朽，星华而灭，惟道兴隆，悠永靡绝。君音永浮，河水有竭。君声永流，旦光没发。余生虽后，身亦存游，士贵知己，君其勿忧。

祢衡生在张衡死后数十年，也只有26年的生命旅程，然而文笔甚健，口才绝佳。他写的这篇悼文，用了许多比喻，颂扬了张衡的非凡人生和崇高品德。"苍蝇争飞，凤凰已散"，表示出了祢衡对世间恶劣环境的愤慨和对张衡的深切怀念。"君音永浮"、"君声永流"，是喊给张衡的亡灵听的，更是对人间正义回归的呼唤。

祢衡生于乱世，头顶难以驱散的战争阴霾，走在充满了血腥气味的泥泞路上，其刚性傲物的一面，恰成一把自伤的利剑。辱骂曹操之后，"曹怀忿，而以其才名，不欲杀之"（《后汉书》），便将他遣送给了刘表，刘表何等明白，如何能留用这样的带刺之人？找个借口，刘表将他转送给了江夏太守黄祖。这是他人生旅途的最后一站：黄祖因忍受不了祢衡之傲，将他杀死。此时是公元198年。一位旷世奇才，像流星，划过了黑暗的夜空，以短暂的闪亮，向一个他早已厌倦了的时代告别。

祢衡死了。但后人一直还怀念着他。李白有"魏帝营八极，蚁观一祢衡"。李商隐在《听鼓》一诗中写道："城头迭鼓声，城下暮江清。欲问渔阳掺，时无祢正平。"透出了诗人对祢衡的思念和敬仰。

（十七）

杨修之死算是一个历史之谜。《后汉书》载：杨修"好学，有俊才，为丞相曹操主簿，用事曹氏。及操自平汉中，欲因讨刘备而不得进，欲守之又难为功，护军不知进止何依。操于是出教，唯曰'鸡肋'而已。外曹莫能晓，修独曰：'夫鸡肋，食之则无所得，弃之则如可惜，公归计决矣。'乃令外白稍严，操于此回师。修之几决，多有此类。修又尝出行，筹操有问外事，乃逆为答计，敕守舍儿：'若有令出，依次通之。'既而果然，如是者三。操怪其速，使廉之，知状，于此忌修。且以袁术之甥，虑为后患，遂因事杀之。"

杨修因聪明绝顶而引来杀身之祸，使身后"聪明反被聪明误"多了例证。但读杨修被曹操杀掉的原因及过程，仍不能使人信服。我个人看，杨修被杀一定另有原因。"袁术之甥"这个原因恐不能成立，曹操决不会是在杀杨修之前夕才知道其与袁术的亲戚关系。仅有这种亲戚关系，不足以说明问题，若此原因成立，一定要有具体的勾连行为为据。

曹操疑心重，这一点不容置疑。但同时，曹操也善于发现和使用人才。杨修之才，在于其机敏。这样洞察秋毫之人才，曹操偏要杀掉，仅凭杨修"道破天机"这一点来分析

"杀头罪"显得单薄。曹操"虑为后患",指的是什么?是否担心自己死后他会协助曹植与曹丕争夺继承权而乱了天下?《后汉书》的记述,留下的问号实在太大。也许,真正的"杀头罪"已被历史尘埃所淹没,永远难解真相。

(十八)

《三国志·庞统法正传》载:"十九年,进围成都,璋蜀郡太守许靖将逾城降,事觉,不果。璋以危亡在近,故不诛靖。璋既稽服,先主以此薄靖不用也。正说曰:'天下有获虚誉而无其实者,许靖是也。然今主公始创大业,天下之人不可户说,靖之浮称,播流四海,若其不礼,天下之人以是谓主公为贱贤也。宜加敬重,以眩远近,追昔燕王之待郭隗。'先主于是乃厚待靖。"

这段记述,所以值得细读,在于法正这个人,善于审时度势,在用人问题上属于另一种"知人善任"。这种"知人善任",不是按既定"尺寸"用人,而是心中知道"一是一",偏要"一是二",以"放大"的"尺寸"用人,其意不在用某某人,而在于用了某某人之后所带来的"扩大效应",即会带来其他的倍加效果。法正怕刘备还不明白,又举了战国时期燕昭王欲招贤士的故事。燕昭王为强燕伐齐,问计于郭隗。

郭隗出的主意是："王必欲致士，先从隗始。况贤于隗者，岂远千里哉！"于是燕昭王为郭隗修筑漂亮的房屋，像对待老师一样地尊敬他，贤士们听说此事，便争先恐后地投奔而来。

（十九）

据《旧唐书·李勉传》载，李勉为政清廉，多受宦官排挤，历唐肃宗、代宗、德宗三朝，后官至宰相，留下了好名声。在广州为官期间，"在官累年，器用、车服无增饰。及代归，至石门停舟，悉搜家人所贮南货犀象诸物，投之江中。"这种视财物为粪土的为官气节，颇为受人尊敬。李勉身后无私产，看似是"无"，其实是"有"。"无"的是财物，"有"的是好评。为官者，管好自己，自己为政要正，自己为政要廉，同时，也要管好家人和身边的人，李勉"悉搜家人"之举，虽有些不近人情，但其精神委实可嘉。

现实生活中，一些为官者不廉，不是自己直接得到了什么不义之财，而是家人和身边的人通过自己的影响得到了不该得到的东西。李勉将不义之财"投之江中"，举止有些怪异，看似过了头，但却以这样一种矫枉过正的行为，表达了清廉到底、以廉为宝的巨大决心。行胜于言，这一举动对于家人和身边人，对于更多的为官者，真真有警示教育作用。

对这件"小事",在读史时千万别遗漏了。

(二十)

钱穆先生在《国史大纲》中,对王安石的变法作了较大篇幅的介绍,也剖析了王安石变法由"立"而"废"的败因。

"安石的最大弊病,还在仅看重死的法制,而忽视了活的人事。依照当时的情况,非先澄清吏制,不足以宽养民力。非宽养民力,不足以厚培国本。非厚培国本,不足以邀希武功。安石的新政,一面既忽略了基本的人的问题,一面又抱有急功速效的心理。"

"似乎王安石是径从谋求国家富强下手,而并不先来一套澄清吏制的工作。"对王安石改革败因的分析中,持其忽视吏制改革观点的非钱穆先生一人。就北宋王朝的积弊看,吏制确实成为妨碍社会经济发展,影响国力增强的重要因素。但是,就当时的社会历史条件看,仅靠宋神宗一个人的支持(这种支持有时是有摇摆的),王安石想要在吏制上动大手术,能行得通吗?就难度而言,动经济制度的手术,暂不触及人事问题,或许是一条可以走一程的路。在王安石之前三十年,范仲淹就曾在推行十项改革措施中突出了吏制的改革,最后因改不动而失败了,正如钱穆先生所说:"然而仲淹的政策,到底引起了绝大的反动。宋朝百年以来种种的优容士大夫，造成了几许读书做官的人特有权力，范仲淹从头把他推翻，天下成千上万的官僚乃至秀才们，能'以天下为己任'的究竟有多少？能'先天下之忧而忧，后天下之乐而乐'的有多少？暗潮明浪，层叠打来。不到一年，仲淹只得仓皇乞身而去。"

王安石的改革绕着吏制走，是不是吸取了范仲淹的教训，值得留意。在宋王朝体制内，彻改其吏制，就动摇了其统治根基。而走这一步，是其体制所不允许的。钱穆先生没看透这一层。尽管我不赞成钱穆先生对王安石"忽视了活的人事"的败因分析，但我十分欣赏他对王安石的"总评"："王安石新政，虽属失败，毕竟在其政体的后面，有一套高远的理想。这一种理想，自有深远的泉源，决不是只在应付现实、建立功名的观念下所能产生。""范仲淹、王安石革新政治的抱负，相继失败了，他们做人为学的精神与意气，则依然为后人所师法，直到最近期的中国。"

范仲淹也好，王安石也罢，他们正视国家的困难，不因循守旧，毅然变法，这种冲破黑暗的改革胆识和勇气，虽只有"流星效应"，但其光芒是耀眼的、璀璨的。《吕氏春秋》中有这么几句话："世易时移，变法宜矣。譬之若良药，病万变，药亦万变；病变而药不变，向之寿民，今为殇子矣。"范仲淹、王安石寻"新药"治"新病"的精神是万分可贵的。

（二十一）

陶渊明《饮酒·其八》写道："青松在东园，众草没其姿。凝霜殄异类，卓然见高枝。连林人不觉，独树众乃奇。提壶抚寒柯，远望时复为。吾生梦幻间，何事绁尘羁。""青松"与"众草"，在"凝霜"的季节里，显出高低来了。诗人对自己的境遇有清醒的看法，处落民间，生活窘迫，也就处之泰然，成为安贫乐道之士。"吾生梦幻间"，讲了作者对生命短暂的感叹，由"短"也就引出了对富贵的"淡"，更伸展出了脱俗超凡之立意。

陶渊明的诗，多见闲淡之气，亦显清远之风。这首诗是他的代表作之一。耐人寻味的，是"连林人不觉，独树众乃奇"之句，猛看是讲隐居人的不苟同时俗，自持节操和品格。细一琢磨，又有另一层含义：不仅要做脱俗超凡之人，还要让某种思想闪出亮色，在世间燃耀光芒。这似乎有些矛盾。其实，陶渊明的思想深处本身就充满了矛盾。封建时代的隐士是潇洒的，也是痛苦的。

（二十二）

《史记·李斯列传》载："二世二年七月，具斯五刑，论腰斩咸阳市。斯出狱，与其中子俱执，顾谓其中子曰：'吾欲与若复牵黄犬，俱出上蔡东门逐狡兔，岂可得乎！'遂父子相哭，而夷三族。"读此段文字，但凡人恐怕都会动恻隐之心，李斯由"郡小吏"，而大秦丞相，而"阶下囚"，而"刀下鬼"，可谓大起大落，临刑时分，仰天长叹，羡慕起平民式的生活，看穿了"权柄"的可怕可怖，实在是太晚了。"早知今日，何必当初。"是的，就人生而言，李斯为秦国富强画谋，功是大功，而致秦速亡，过亦非小过。用"五五"开，似不公平，但用"功六过四"来评价，是比较恰当的。

"臣闻地广者粟多，国大者人众，兵强者士勇。是以太山不让土壤，故能成其大；河海不择细流，故能就其深；王者不却众庶，故能明其德。"这段话是李斯早年写给秦王嬴政的，当时，是李斯最受冷落而恰是最明智的时候。这次上书，是李斯人生的一个转折点，其才思敏捷，其宏志大略，正合了秦王的意图。自此，李斯得以被重用，秦国疆土日大，国力日强，秦王也变成了始皇帝。

李斯在春风得意的时候，也不是没有危机感，他曾叹道：

"嗟乎！吾闻之荀卿曰'物禁太盛'。夫斯乃上蔡布衣，闾巷之黔首，上不知其驽下，遂擢至此。当今人臣之位无居臣上者，可谓富贵极矣。物极则衰，吾未知所税驾也！"这番话说了不久，李斯随始皇帝东巡，始皇帝病亡沙丘，赵高诱逼李斯改诏立胡亥为帝，逼杀公子扶苏，李斯违心而从，变成了内心与外在相互矛盾的"帮凶"，从而也把自己拖入了不能自拔的泥潭。赵高在"可利用价值"用尽之后，开始将魔爪伸向了李斯，厄运也最终降临到了李斯及其家人的头上。

李斯的悲剧，是他个人的悲剧，也是封建政治体制的悲剧。李斯之才，是大才；李斯之德，欠缺又甚多。韩非之死，李斯罪责难逃，那时，李斯尚未发迹至顶点，但人品的缺陷已经暴露了。司马迁为李斯之过作了"小结"："斯知六艺之归，不务明政以补主上之缺，持爵禄之重，阿顺苟合，严威酷刑，听高邪说，废适立庶。"这几方面的批评，应该说是到位的，也算中肯。但这个评价，说的应该是李斯的"后半期"。若以此论概括其全部一生，又有失公允。李斯的经历，透出了其内心世界的矛盾。他"放不下"的东西，多是"外在"的，而最终把"内在"的也丢掉了，变成了"里外两空"。李斯尽管有错有误，但由于他对国家统一等方面的贡献，实在不应有如此悲惨的结局。封建政治制度在它初创之始,就酿造着自己的陈年苦酒。饮此酒者,李斯算是其中一人。这一类型的人生经营者,非从李斯始,也非李斯终。

(二十三)

《史记》上对刘邦差点犯了"偏听偏信"错误一事作了记载。一个叫郦食其的人,给与西楚霸王争斗处于困境中的刘邦出了复立六国的"计谋",刘邦为"德义已行,陛下南乡称霸,楚必敛衽而朝"所动,竟一口答应了下来,刻了分封的大印交给了郦食其。张良从外面回来,听刘邦讲了此事,惊呼道:"谁为陛下画此计者?陛下事去矣。"接着,张良一口气讲了"八不可",使刘邦顿时清醒,大骂郦食其:"竖儒,几败而公事!"立即收回了刻好的封印。

发生这样的事,是刘邦"病急乱投医"的结果。这当然说明了张良看问题的深刻和有远见,也说明刘邦能听得进不同意见,知错便改。同时,还说明后人评价刘邦完成统一大业的功劳,不能忘了这一幕的惊险。有张良这一谏止复立六国的"点拨",有韩信的"东归策",有萧何的"内助",胜利大旗自然会握在刘邦手中。刘邦"差一点"犯下历史大错,如果不是张良回来得及时,这个大错就真真切切地犯下了。只是,这笔账不能只记在刘邦一个人身上,刘邦"差一点"

犯了与项羽同样的错误,那就是封立六国之后,延误统一的时间。而历史上"差一点"的故事,其实一直都没断过。刘邦的本心,是为了"快胜",可这次,如果真的"差一点"变得"一点不差",六国一个个复立了,这刘邦和他的执政团队要走的弯路可就长了。在这条弯路上,痛苦的不只是他一个人,而是更多的中国人。对一个普通人,"差一点"的前后,会影响一个人、一个家庭的喜悦与忧愁;对一个政治家来说,"差一点"的前后,受益与受害的,会有一大群人,甚至是所有的人。

(二十四)

《史记》对叔孙通这个人的记载,颇耐人读。作为"儒生",没被坑杀,已属异常。他反秦后投项梁,从怀王义帝,事项羽,又降汉王刘邦,"变"了几个来回,他恐怕已不知道自己是谁了。但对叔孙通这个人物,又当客观地加以分析。

"叔孙通儒服,汉王憎之;乃变其服,服短衣,楚制,汉王喜。"这段话,说的虽是服装仪表,反映的却是叔孙通为人处世上"善变"的本质。

"汉五年,已并天下,诸侯共尊汉王为皇帝于定陶,叔孙通就其仪号。高帝悉去秦苛仪法,为简单。群臣饮酒争功,醉或妄呼，拔剑击柱，高帝患之。"对叔孙通来说，派用场的机会来了，他进言道："夫儒者难与进取，可与守成。臣愿征鲁诸生，与臣弟子共起朝仪。"征召鲁儒生，得三十余人，但也有两人不愿来。不愿来的两人批评叔孙通说："公所事者且十主，皆面谀以得亲贵。今天下初定，死者未葬，伤者未起，又欲起礼乐。礼乐所由起，积德百年而后可兴也。吾不忍为公所为。公所为不合古，吾不行。公往矣，无污我。"叔孙通听了哈哈大笑："若真鄙儒也，不知时变。"

"不知时变"，是叔孙通对两个儒生的评价，从另一面，这句话也划出了一条他自己与两个儒生的分界线。其实，他对刘邦所说"夫儒者难与进取，可与守成"，也亮明了自己对儒生们的根本看法。从这些观点看，不能将叔孙通视为儒生一类。准确地定位，他是一个有本事的投机钻营分子。

说叔孙通不属儒生之类，并不是说叔孙通不懂如何使用儒生。《史记》对叔孙通巧用儒生作了精彩描述。

"叔孙通降汉，从儒生弟子百余人，然通无所言进，专言诸故群盗壮士进之。弟子皆窃骂曰：'事先生数岁，幸得从降汉，今不能进臣等，专言大猾，何也？'叔孙通闻之，乃谓曰：'汉王方蒙矢石争天下，诸生宁能斗乎？故先言斩将搴旗之士。诸生且待我，我不忘矣。'"刘邦靠武力统一天下后，开始构建朝廷礼仪。叔孙通带来的诸儒生派上了用场。大功告成后，叔孙通向刘邦推荐与他一同制订汉朝礼仪的诸儒："诸弟子儒生随臣久矣，与臣共为仪，愿陛下官之。"刘邦全部任用为郎官，叔孙通还把刘邦赏赐的五百斤金全部分给了诸儒生。大家此时同声夸赞叔孙通："叔孙生诚圣人也，知当世之要务。"

知人善任，这是叔孙通的一大本领。对跟随他投汉的百名儒生，他做到了用人之长。天下未平，战火正燃，他将鸡鸣狗盗、强悍善武之徒推荐给了刘邦；和平年代，他将知书达理之徒推荐给了刘邦。这一武一文，在不同的社会环境中竟都得到了任用，叔孙通显得颇有智慧和远见。"知当世之要务"，叔孙通弟子的评价，很是中肯。

对叔孙通，司马迁先生给了较高的评价："叔孙通希世度务制礼，进退与时变化，卒为汉家儒宗。'大直若诎，道固委蛇'，盖谓是乎？""进退与时变化"，这个要紧处，司马迁先生是看准了。

（二十五）

唐人刘长卿的《长沙过贾谊宅》笔触极深："三年谪宦此栖迟，万古惟留楚客悲。秋草独寻人去后，寒林空见日斜时。汉文有道恩犹薄，湘水无情吊岂知。寂寂江山摇落处，怜君何事到天涯。"

刘长卿数次遭贬，他以此诗纪念贾谊，联接起了近千年的同路人的心结：贾谊作为汉文帝时人，死于公元前169年，刘长卿作为唐肃宗时人，大约死于公元790年。性情刚直又遭人陷害，是两人的共同遭遇，也使两颗心实现了跨时代的碰撞。

其实，刘长卿不知以前同路人中的贾谊，也曾在心里惦记过另外一个人：屈原。据《史记》载：贾谊遭贬谪后，"既辞往行，闻长沙卑湿，自以寿不得长，又以谪去，意不自得。及渡湘水，为赋以吊屈原"。贾谊写道："侧闻屈原兮，自沉汨罗。造托湘流兮，敬吊先生。遭世罔极兮，乃陨厥身。呜呼哀哉，逢时不祥。"毛泽东曾有"贾生才调世无伦，哭泣情怀吊屈文"之句。

贾谊借屈原说自己，刘长卿借贾谊也是说自己。从屈原，到贾谊，再到刘长卿，再到后来者，历史似乎在重复地提醒人们：有才有识有为之士中，总有时运不济者。后人借缅怀前人而自我怜慰，岂不是一种无奈的悲哀？

（二十六）

荆轲受燕太子丹指使，承担刺杀秦王的使命，过易水饯别时分有"风萧萧兮易水寒，壮士一去兮不复还"的慷慨之歌。骆宾王《于易水送人》中写道："此地别燕丹，壮士发冲冠。昔时人已没，今日水犹寒。"

荆轲之行，生之希望百分之一，死之可能百分之九十九。易水之滨，朋友的饯别，其实也是人生的永别。此刻的荆轲，心理上也颇为复杂。饯别时分的伤感，凸显侠骨柔情。此刻的一曲悲歌，更是千古流芳。骆宾王于千年后缅怀荆轲，心有独伤，诗中的滋味也特别悠长。千年之前，易水曾寒；千年之后，易水犹寒。骆宾王因地生发情感，讲的是荆轲，其实也是在讲自己。《史记》载，荆轲刺秦王败亡前，"自知事不就，倚柱而笑"，表达出一种冲天豪气。骆宾王呢？随徐敬业举兵起事，反对武则天改唐为周，经历了惨败的痛苦，最后消遁他乡。"无人信高洁，谁为表余心？"骆宾王曾这样问过。在那样的年代里，诗人的心事并不被时人所理解，诗人的孤独也就不足为奇了。

易水寒时多壮士！陶渊明《咏荆轲》诗中有"心知去不归，且有后世名"之句。壮士辞行多悲歌。在荆轲之前，至骆宾王之后，世界一直在变，人类生活在变，但有什么东西没有变呢？

（二十七）

《菜根谭》中说："居轩冕之中，不可无山林的气味；处林泉之下，须要怀廊庙的经纶。"这句话讲的是为"官"为"民"之道。"官"由"民"来，这是事实。再大的"官"，起初也都是老百姓，是普通人。然而，历史上不少人在遭遇政治变故后再由"官"变"民"，则痛楚万分，甚至连普通人的生存希望和能力都没有了。政治家，来自民，从政又应为民，为什么退出官场，就不能恢复百姓的原状呢？"山林的气味"，是最接近大自然的气味，也是芸芸众生的气味，体现的更是百姓的衣食住行。这本是人生的始点。做人之基，在于平实、平凡、平淡；"山林的气味"，散发着泥土的芳香和青草的气息，是人生的原本。在此基础上，人又可能会做官，为官又有"一时之荣"。但无论官阶如何顺利，不可将这"山林的气味"忘掉。至于"退回去"或根本未做过官，也要有"经世致用"、"治国安邦"的理念，如范仲淹所言，"处江湖之远则忧其君"。

汉朝张良先生是一个聪明人，也是大智大勇之人。他在功成名就之后，最向往的是"山林的气味"。张良说："今以三寸舌为帝者师，封万户，位列侯，此布衣之极，于良足矣。

愿弃人间事，欲从赤松子游耳。"

在封建时代的"官场"里，"进"与"退"，本是一个大学问。当进则进，当退则退，进时不忘退，退而又思进，政治家的成败得失，正反两方面的实践者不少，其间有喜剧，但悲剧也不少。官一时，民一生，这么简单的道理，说明白了却又显得很复杂。

（二十八）

《论语》中通过孔子学生子贡的口，讲了这么一段话："纣之不善，不如是之甚也。是以君子恶居下流，天下之恶皆归焉。"这可说是较早的为商纣王鸣不平的"翻案者"。红旗出版社《毛泽东读批史记》一书载：毛泽东在与人谈到商纣王时，曾这样评论："把纣王、秦始皇、曹操看做坏人是错误的，其实纣王是个很有本事、能文能武的人。他经营东南，把东夷和中原的统一巩固起来，在历史上是有功的。"毛泽东对商纣王亡国原因也作了分析："纣王伐徐州之夷，打了胜仗，但损失很大，俘虏太多，消化不了，周武王趁虚进攻，大批俘虏倒戈，结果使商朝亡了国。"

毛泽东认为纣王的案应该翻过来："秦始皇不是被骂了二千年嘛，现在又恢复名誉；曹操被骂了一千多年，现在也恢复名誉；纣王被骂了三千多年了。好的讲不坏，一时可以讲坏，总有一天恢复；坏的讲不好。"

《史记》中对纣王的记述，基本上采取了彻底否定的态度。"帝纣资辩捷疾，闻见甚敏；材力过人，手格猛兽；知足以距谏，言足以饰非；矜人臣以能，高天下以声，以为皆出己之下。"这是讲纣王的天资傲慢，接着，开始讲了一个最遭人恨的"毛病"："好酒淫乐，嬖于妇人。"突出的表现是"大聚乐戏于沙丘，以酒为池，悬肉为林，使男女倮相逐其间，为长夜之饮。"商纣王还杀人如麻，残暴无比，"百姓怨望而诸侯有畔者，于是纣乃重刑辟，有炮烙之法"。由此，逐微子，剖比干，囚箕子，使周武王聚集起了反对纣王的力量，并最终为他画上了句号："甲子日，纣兵败。纣走入，登鹿台，衣其宝玉衣，赴火而死。"

作为历史上的一大悬案，商纣王的功过是非，一直困扰着后人。现存的能证实真相的史料极为有限，最早的文字记载，又"坏话"居多。如果说对"亡国之君"的"功"记不下来是一方面，那么，其"过"究竟是"记"下来的，还是"加"上去的，也就值得怀疑了。史学家对"亡国之君"的记录，免不了要有劝善抑恶的主观色彩，总结成败兴衰的职责，使不少史学家多从"亡国之君"的"毛病"上下笔，用以劝告为政者吸取前车之鉴，留意前人的经验教训，对这良苦用心，无可厚非。但是，冷静地看一看"亡国之君"们，是不是真的"一无是处"，是不是真的"罪大恶极"，这就不能"脸谱化"了，不能以"成则为王败为寇"的眼光来看人论事了。从《论语》中子贡的怀疑，到毛泽东的结论，可以看出，对历史人物，不轻信已有的结论，也算是对历史负责。历史的公正，有时等不得，有时也急不得。

郭沫若甚至下了这样的结论："古代中国归于统一是由秦始皇收其果，而却由殷纣王开其端。"郭沫若曾从民族利益的角度肯定过商纣王，认为他经营东南，是对"中国民族的发展，做了一些好事，对古代中国的统一，有不小的功劳"。

（二十九）

在历史上，蔡邕之死是个谜。《后汉书》载："及卓被诛，邕在司徒王允坐，殊不意言之而叹，有动于色。允勃然叱之曰：'董卓国之大贼，几倾汉室。君为王臣，所宜同忿，而怀其私遇，以忘大节！今天诛有罪，而反相伤痛，岂不共为逆哉？'即收付廷尉治罪。"蔡邕最终死在了狱中，"缙绅诸儒莫不流涕"。

若数中国历史上冤案冤人，蔡邕案及蔡邕其人能不在其中吗？

董卓当然是罪有应得，杀董卓也人心大快，这是毫无疑问的。但是，在人世间，坏人也是人，坏人也有个三亲六故，七朋八友，死也会有个收尸人，也有家人的悲哀。董卓亦如此。蔡邕和董卓，有些私交，有几分伤感，又有什么不可？顶多是个"公私不分"，"立场不够坚定"，决不该落此结局。

蔡邕对董卓只不过有些表情上的流露，并无什么明言明语，且马上向王允赔礼道歉，"乞黥首刖足"，为了"继成汉史"，但已打不动王允的铁石心肠。书载，等蔡邕已死，"允悔，欲止而不及"，这是真是假？

在封建政治体制下，作为史官的蔡邕，在不经意间成了董卓的殉葬者，实在是可惜。他的死，除了令后人惋惜，更因这位史学大家的过早离世，使后人少读了不少史学精品。

王允这样做，仅仅是为了坚持原则，还是为了什么别的原因？史书中没有记载。很可能是另有文章。

（三十）

《史记·滑稽列传》中，记载了楚国艺术家优孟的故事。楚庄王的爱马病死了，他让群臣为马服丧，还以棺椁殡殓，以大夫礼仪安葬。不仅如此，还下令：敢有劝谏者，杀。在此情况下，出了一个奇人优孟，"仰天大哭"，反劝楚庄王"以人君礼葬之"，给楚庄王出了个"难题"：这可是把马的地位抬得更高了，你怎么办？结果，优孟用明"顺"暗"逆"的劝说法，使楚庄王认识到了"贱人而贵马"的危害。

《论语》中载："厩焚。子退朝，曰：'伤人乎？'不问马。"这件事被广为流传，体现的是视人为第一重要的"人本"思想。而楚庄王为代表的一类人，本末倒置，视人民为草芥，视奇珍异宝甚至爱马、爱犬为第一重要，实在是荒谬透顶。优孟是个小人物，竟能冒死挺身而出，以"讽谏"的形式向楚庄王发出挑战，且最终说服了这个昏君，精神可嘉，名垂千古。持正义正理者，不在职位高低，不在权力大小，而在一种不怕牺牲的忘我勇气。优孟的机智，也不一般。他没有"直来直去"，而是"拐弯抹角"、"旁敲侧击"，楚庄王非但没有发怒，还改正了错误，这真是一个奇迹。历史是人民写的，优孟是中华民族众多平凡的人物中的一员，他的身上，闪耀的是人间正道之光芒。

（三十一）

东汉张衡《灵宪》中载："嫦娥，羿妻也，窃西王母不死药服之，奔月。将往，枚占于有黄。有黄占之，曰：'吉，翩翩归妹，独将西行。逢天晦芒，毋惊毋恐，后且大昌。'嫦娥遂托身于月，是为蟾蜍。"目前所知，嫦娥的故事最早见于《易·旧藏》。多少年来，嫦娥成为文人墨客笔下的传奇人物，唐伯虎《嫦娥奔月》更出神入化，使她有了视觉的形象。总体而言，对嫦娥，人们多予同情。李白《把酒问月》写道："白兔捣药秋复春，嫦娥孤栖与谁邻"。李商隐也有"兔寒蟾冷桂花白，此夜姮娥应断肠"、"嫦娥应悔偷灵药，碧海青天夜夜心"之句。韩驹《念奴娇·月》中说："唤起嫦娥，撩云拨雾，驾此一轮玉，桂华疏淡，广寒谁伴幽独。"

嫦娥这个人，历史上是有是无，似乎并不重要。正因为此，人们并没有刻意去考证她的"真身"，甚至使这个神话人物拥有了更宽泛的"经历"。根据现在的"版本"，嫦娥的"说法"大体有：一、西王母侍女，偷吃了长生不老药，逃走；二、羿妻，见羿移情别恋（羿爱上了西河伯妻洛嫔），伤心而别；三、羿妻，羿从西王母处求来了长生不老药，嫦娥偷吃了逃往月宫；四、羿妻，偷吃了西王母长生不老药，受了占卜师有黄的骗，变成了蟾蜍；五、其他说法。嫦娥的故事，后来演绎出了多个"版本"，有两点是共通的：一是嫦娥偷吃了长生不老之药，可以长生不死；二是嫦娥从人间到了月宫，超脱了世间的繁杂与喧嚣。这两点无疑是虚造故事，表达的是人们的一种追求和愿望。

嫦娥可以长生不老，令人羡慕；嫦娥孤寂无奈，又引人同情。这也反映了人的矛盾心理。若去问嫦娥："是愿留月宫守空寂，还是仍回人间享欢娱？"对嫦娥来讲，有意义还是无意义？世间的人，对嫦娥有无的问题，早就不放在心上了。人们惦记着这位女子，实在是另有难言之心绪的缘故。

（三十二）

《搜神记》讲鬼讲神讲怪讲仙，作者晋人干宝是真信其有而记，还是听而非信记之，并不重要。可以看出，作者笔下的鬼神怪仙，大多与人间通透融合、紧密相连，凸显其"借外力"以"劝善止恶"、"赞颂人间真情"的目的，《长安小乞丐》是其代表作之一。"汉阴生者，长安渭桥下乞小儿也。常于市中丐。市中厌苦，以粪洒之。旋复在市中乞，衣不见污如故。长吏知之，械收系，著桎梏，而续在市乞。又械欲杀之，乃去。洒之者家屋自坏，杀十数人。长安中谣言曰：'见乞儿，以美酒，以免破屋之咎。'"汉代这位叫阴生的"奇人"，不过是个要饭的小孩子，但却很是"超凡"，别人朝他身上泼大粪，他衣服如新；官府把他抓进大牢，他却自由如初。不仅如此，谁欺负了他，谁很快倒霉受惩罚。这个故事的要旨，在于劝戒世人，恃强凌弱没有好下场，作者对贫苦大众的同情之心跃然纸上。

世上本无鬼无神无怪无仙，然而古往今来，关于鬼神怪仙的故事流传不止，一定有所根因。世上总有不尽完美的事，面对缺憾，人们总不甘心，"无中寻有"也算寄托，《搜神记》不过是寄托的载体之一。

卷五

- 艺术家可以一时"名不出闾巷",但心胸、眼界一定要走出"闾巷",唯有此,艺术的花香才能溢满人间。

- 中国古代的知识阶层和文化人中,有不少像苏轼这样有气节的仁人志士,位不高,志不小;路坎坷,人乐观;寿不长,名不朽。

- 为己鸣,声微而传近;为世鸣,声大而久远。

- 读书人不能"读死书",更不能不懂书中尚有泥沙。善于读书的人,其实也是淘金的行家里手。

- 人可能出身寒门,可能身处贫困,但有了求知求学求业的志气,也就有了真正的前途和希望。

文志与文品

（一）

晚清古文大家张裕钊在《与黎莼斋书》中，谈到了文人的人生价值问题。

"捐弃一世华靡荣乐之娱，穷毕生之力，苦形瘁神以徼幸于或成或不成、或传或不传之数，而慕想乎千百岁后冥漠杳渺邈不及见之虚誉，而不以自止，岂非所谓至迂而大惑者哉？宜彼世之所谓贤俊能一切以取富贵显荣者讪笑而背驰之也。"这确是一个要回答的问题：文人们放弃一切普通人的享乐，耗尽心神去写不知能否成为传世之作的东西，图什么？张裕钊试图回答这个问题。他说："生人之耆好各赋受于其生初，其不齐至不可以巧历算，则夫孳孳焉勤一世于文字之业者，无亦所耆出于其性而不能自解者与？且吾观古之能文者，若司马迁、韩愈、欧阳修之徒，其始设心措意亦无过存乎以文自见，卒其所至，世不得徒以文人目之。是故深于文者，其能事既足以自娱婴，及其所诣益邃以博，乃与知乎圣人之道，而达乎天地万物之原。"

"深于文者"，这是张裕钊的追求，"独居讴唫一室之中，而敖然睥睨乎尘壒之外，虽天下又孰有能易之者哉？又皇暇校量于我生以前与身后之赢失而为之进退哉？"

张裕钊生于道光三年（公元1823年），卒于光绪二十年（1894年），官至内阁中书，著有《濂亭文集》。张裕钊论文人的人生价值，还要看他在《送黄蒙九序》中一段话："盖贤者之于世，虽是心不能一日以忘，至其于富贵宠利则泊乎一无与于其身，而不以豪发为吾重轻。故其仕也，则能外势荣，明得丧，一惟其职与其志之所必为。一有不合，则奉身而去，若脱屣耳。"

（二）

吴汝纶为清同治年间进士，曾赴日考察学制，系曾国藩弟子，也是清桐城派后期的主要人物之一。在日本期间，他见到了日本长崎市知事。该知事收藏了中国人蒋湘帆的一册书信，希望吴汝纶给写一篇题记，吴汝纶挥笔写下了《跋蒋湘帆尺牍》一文（收在《桐城吴先生全书》中）。该文不长，意境不浅：

余过长崎，知事荒川君一见如故交。荒川有旧藏中国人蒋湘帆尺牍一册视余，属为题记。

湘帆名衡，自署拙老人。在吾国未甚知名，而书甚工，竟流传海外，为识者所藏弆，似有天幸者。乡曲儒生，老死翰墨，名不出闾巷者，曷可胜道？其事至可悲，而为者不止，前后相望不绝也。一艺之成，彼皆有以自得，不能执市人而共喻之，传不传，岂足道哉？得其遗迹者，虽旷世殊域，皆流连慨慕不能已，亦气类之相感者然也！观西士之艺术，争新煊异，日襮之五都之市以论定良窳，又别一风教矣。

这篇题记，揭示了艺术人生的真谛，反映了"艺人"的精神境界。"艺人"不同于"市人"，衡量"艺人"得失，不能用"市人"的价值标准和得失眼光。艺术产品所以无价或价值连城，其根本原因在于并不是所有的人都懂艺术内涵，都懂艺术人生。正因为这种"不懂"，才显现了艺术的魅力、艺术人生的魅力，艺术品也由此成为至宝。"乡曲儒生，老死翰墨"，是某一时代里的产物，他们的人生轨迹，或许有些悲凉，但比起那些浑浑噩噩、除了有钱有财毫无文化道德修养的人，是有幸还是不幸呢？

"其事至可悲，而为者不止，前后相望不绝也"，吴汝纶之见，堪称警言。在艺术、在艺术品、在艺术人生，"近小远大"、"前贱后贵"的事例很多，一时之微小低下贫贱，是事实，是现实，但不是永远。

艺术追求，需要大批"脱俗超凡"的艺术家。但艺术家要创造出传世之作，也需要艺术的创新和发展。停顿的艺术，是没有生命力的艺术，也是不能体现艺术家人生价值的艺术。各国、各民族艺术的融会交流，是体现艺术生命力的重要舞台。从这个意义上讲，艺术家可以一时"名不出闾巷"，但心胸、眼界一定要走出"闾巷"，唯有此，艺术的花香才能溢满人间。

（三）

苏轼一生，走的是为官之途，然而官位不高，经历的动荡不少。从1057年进士及第，到1101年病逝，凤翔、杭州、密州、徐州、湖州、黄州、汝州、登州、颍州、扬州、定州、英州、惠州、儋州、廉州、舒州、永州、虔州……直到人生的最后一站——常州，苏轼可谓是旅途人生。他的作品，其实是他人生旅程的写照。"心似已灰之木，身如不系之舟。问汝平生功业？黄州惠州儋州。"这首《自题金山画像》也是这旅途人生的代表作。苏轼是屡遭贬谪，又不失人生志向，他的有话直说的勇气，他的乐观主义态度，给读其文的后人一种极大的震撼。苏轼的成就，重在诗、词、散文。苏轼文学上的成就固然赫目，而他对人生价值的探求和思索，比其诗、词、散文本身的文学价值更为厚重。

1080年，在黄州，苏轼《答秦太虚》中讲了面对拮据生活的乐观态度："初到黄，廪下既绝，人口不少，私甚忧之。但痛自节俭，日用不得过百五十，每月朔便取四千五百钱，断为三十块，挂屋梁上，平旦用画叉挑取一块，即藏去叉，仍以大竹筒别贮用不尽者，以待宾客，此贾耘老法也。度囊中尚可支一岁有余。至时，别作经画，水到渠成，不须顾虑。以此，胸中都无一事。"艰难的生活，坦荡的胸怀，开朗的性格，这是一种什么样的人生际遇和际遇人生？中国古代的知识阶层和文化人中，有不少像苏轼这样有气节的仁人志士：位不高，志不小；路坎坷，人乐观；寿不长，名不朽。

（四）

苏轼《石钟山记》是一篇游记，更是一篇"调研报告"。调研什么？"《水经》云：'彭蠡之口，有石钟山焉。'郦元以为下临深潭，微风鼓浪，水石相搏，声如洪钟。是说也，人常疑之。今以钟磬置水中，虽大风浪，不能鸣也，而况石乎！至唐李渤始访其遗踪，得双石于潭上，扣而聆之，南声函胡，北音清越，桴止响腾，余韵徐歇，自以为得之矣。然是说也，余尤疑之。石之铿然有声者，所在皆是也，而此独以钟鸣，何哉？"这个开篇，先以问号始，破题入点新颖，是游记中少见的。

石钟山位于江西北部湖口县，西临鄱阳湖。公元1084年（元丰七年）4月，苏轼赴汝州任团练副使途中，绕道江西，送儿子苏迈去德兴就县尉任，6月到达湖口，踏访之后，写下了这篇游记。

"至暮夜月明，独与迈乘小舟至绝壁下"，这是苏轼给自己创造的"目见耳闻"的实地考察机会。正是这次"夜泊绝壁"，苏轼弄明白了石钟得名的真正原因。此文的关键，不在于澄清了什么，也不在于批评了谁，而在于针对"事不目见耳闻，而臆断其有无"的做法，提醒人们不要犯主观主义错误。

调查研究，要深入现场，要细致求真。苏轼"夜泊绝壁"的经历，虽然弄清的只是一处风景得名的原因，但告诉后人的，是深刻而有广泛意义的道理："钟"由"石"来，"石"在"钟"中。

（五）

龚自珍《病梅馆记》细读有益。文中有几个特殊的角色，画梅人，卖梅人，买梅人，疗梅人。画梅人有病态的审美观："梅以曲为美，直则无姿；以欹为美，正则无景；以疏为美，密则无态。"

卖梅人有惟利是图的动机："斫其正，养其旁条；删其密，夭其稚枝；锄其直，遏其生气：以求重价。"

买梅人买到了什么？"予购三百盆，皆病者，无一完者。"

文尾出现了疗梅人："既泣之三日，乃誓疗之，纵之，顺之。毁其盆，悉埋于地，解其棕缚。以五年为期，必复之，全之。"

梅树有梅树的原本。画梅人和卖梅人显露了病态的心理。摧残梅树，同损害人性的少女裹脚法一样，违背天理，丑陋无比。如果认识上颠倒了，这是梅树的悲哀还是人类的悲哀？

龚自珍的志向是可贵而伟大的："穷予生之光阴以疗梅！"

（六）

清人汪琬在《送王进士之任扬州序》中写道："诸曹失之，一郡得之，此十数州、县之庆也。国家得之，交游失之，此又二三士大夫之憾也。吾友王子贻上，年少而才。既举进士，于甲第当任部主事，而用新令，出为推官扬州，将与吾党别。吾见憾者方在燕市，而庆者已翘足企首，相望江淮之间矣。王子勉旃！事上宜敬，接下宜诚，莅事宜慎，用刑宜宽；反是罪也。吾告王子止此矣。朔风初劲，雨雪载途，摇策而行，努力自爱。"

此文之妙，在于语言简洁中富有复杂情感，更有一定的思想亮点，有别于一般送别时的泛泛应酬的套路。作为清初享有盛誉的文豪，汪琬行文轻快，数百字间，情融其中，意含其内，表达了某种政治抱负。"事上宜敬，接下宜诚，莅事宜慎，用刑宜宽"，此四句嘱咐，言有些重，但却透出了友别赠语的真诚。文后"朔风初劲，雨雪载途"一句，恐怕不只指天气状况，而只有涵盖了更深的寓意，才会有"摇策而行，努力自爱"的落笔尾音。

（七）

表起源于汉代，是臣僚向君王陈述政事、表达情感的一种上行文书。李密的《陈情表》，从文学角度看是一篇上乘佳作；从政治角度看，则是危险之举。实际上，李密给晋武帝写这封信，难度非常大。首先是收信人是晋武帝而非一般人。

其次是作者是蜀国旧臣，"出身不好"。第三，这封信要谢绝的是晋武帝对李密的任命。

李密生于公元224年，卒于公元287年。在蜀国为官时，几次代表蜀国出使吴国，口才极好。蜀汉灭亡，晋武帝看重他的才干，征用他为太子洗马，被他拒绝。到后来，他《陈情表》中讲的祖母去世了，他才到晋朝做官，最后做汉中太守，因怀怨被免官闲居，死于家中，终年63岁。《陈情表》出笼的前后，李密的人生经历都比较"复杂"。"陈情"之作，重在叙述家境及仁孝之心，表达不得已的苦衷，以赢得皇上的同情。这种以"此情"换"彼情"的做法，堪称一绝。结果，非但晋武帝没有生气，还奖给他奴婢二人，给了一笔赡养祖母的费用。晋武帝的大度之举，又为李密日后出山做了铺垫。李密因先"辞"后"就"的办法，也给自己留下了清白的名声。1700多年后，当后人再读起这篇力作，那种撼动人心的力量依然十分巨大。"臣密今年四十有四，祖母刘今年九十有六，是臣尽节于陛下之日长，报养刘之日短也。"这种长与短，再加上"臣无祖母，无以至今日，祖母无臣，无以终余年"，抒情真挚深沉，措词委婉动听，若非铁石心肠，不可能不动恻隐之心。就分寸感而言，李密的《陈情表》堪称得体之作。在魏晋政治形势险恶之际，出此佳作，实属不易。

(八)

苏洵的《木假山记》是一篇"哲学散文"，文不长，意不浅，读之不忍放下，再读，三读。

木之生，或蘖而殇，或拱而夭；幸而至于任为栋梁则伐；不幸而为风之所拔，水之所漂，或破折，或腐，幸而得不破折，不腐，则为人之所材，而有斧斤之患，其最幸者，漂沉汩没于湍沙之间，不知其几百年，而激射啮食之余，或仿佛于山者，则为好事者取去，强之以为山，然后可以脱泥沙而远斧斤，而荒江之滨，如此者几何？不为好事者所见，而为樵夫野人所薪者，何可胜数？则其最幸者之中，又有不幸者焉。

余家有三峰，余每思之，则疑其有数存乎其间。且其蘖而不殇，拱而不夭，任为栋梁而不伐，风拔水漂而不破折，不腐；不破折、不腐，而不为人所材，以及于斧斤；出于湍沙之间，而不为樵夫野人所薪，而后得至于此，则其理似不偶然也。

然余之爱之，非徒爱其似山，而又有所感焉；非徒爱之，而又有所敬焉。余见中峰，魁岸踞肆，意气端重，若有以服其旁之二峰；二峰者，庄栗刻削，凛乎不可犯；虽其势服于中峰，而岌然决无阿附意。吁！其可敬也夫！其可以有所感也夫！

此文从头至尾，都在说"木"。字里行间，又明明是在说"人"。在这里，"木"与"人"通；"木"的"变数"，亦是"人"的"变数"；"木"的"幸"与"不幸"，也是"人"的"幸"与"不幸"。"余家有三峰"，抒发的是作者的心志和气质，赞颂了刚直不阿的人生品格。"木"之种种"结局"，似由"外力"而定，或"幸"或"不幸"，或"幸"之中"不幸"，都转不出某种选择：风拔、水漂、破折、腐朽、沉沙，为栋梁，为薪柴，然而，"木山峰"的"意气端重"，"木山峰"的"凛乎不可犯"，"木山峰"的"岌然决无阿附意"，都在证明"木"有"木"的"本性"，此处无声胜有声。

苏洵一生，事业不在官途，而在文路。《木假山记》是其诸多佳作中的精品。本文全篇未写人，然而人们读后无不懂其实指人事世事。

（九）

韩愈《送孟东野序》一文开篇写得绝佳："大凡物不得其平则鸣。草木之无声，风挠之鸣。水之无声，风荡之鸣。其跃也，或激之；其趋也，或梗之；其沸也，或炙之。金石之声，或击之鸣。人之于言也亦然，有不得已者而后言，其歌也有思，其哭也有怀。凡出乎口而为声者，其皆有弗平者乎！"

有"不平"，然后而有"鸣"。孟郊46岁中进士，51岁当上溧阳县尉，际遇不佳，心怀郁闷。韩愈此文，本为送好友孟郊（字东野）而写，一来表示对好友慰藉，二来抒发自己的情感。这里的"不平"，不仅为个人遭遇，更深刻反映了当时社会的不公和黑暗。韩愈在文中列举了数十位历代人物，认为他们都反映了时代声音，如"楚，大国也，其亡也，以屈原鸣"，"秦之兴，李斯鸣之"，"唐之有天下，陈子昂、苏源明、元结、李白、杜甫、李观，皆以其所能鸣"，等等。

为己鸣，声微而传近；为世鸣，声大而久远。这是韩愈此文思想的关键。作为个人，能反映时代声音，"其在下也，奚以悲？"若不能反映时代声音，"其在上也，奚以喜？"

（十）

中国传统文化，精华是主流，糟粕是支流。

崇尚诸子百家中的闪光的思想，并不意味着他们全部论点都正确，句句是至理名言。恰恰是，诸子百家思想中需要发扬的成分和需要摒弃的成分都是清晰可见的，盲目崇拜和盲目否定都是不可取的。

传统文化，是个百草园。芬芳的花朵间，也夹生着杂草，甚至是美丽的罂粟花。

读书人不能"读死书"，更不能不懂书中尚有泥沙。读书如吃饭，除了吸取营养，还要防范变质食物的毒害。读古代史书如此，读古代思想家的书亦如此，甚至古代文学作品中，也良莠不齐，泥沙与金子混居。识别之能力，识别之功夫，对"读活书"至关重要。百岁人生面对浩瀚书海，周览不易，去粗取精更难，开卷有益，重在受用。善于读书的人，其实也是淘金的行家里手。

（十一）

每个人都需要有人来"点拨"和"提醒"。《史记》中《管晏列传》中载有这样一个故事："晏子为齐相，出。其御之妻从门间而窥其夫。其夫为相御，拥大盖，策驷马，意气扬扬，甚自得也。既而归，其妻请去。夫问其故。妻曰：晏子长不满六尺，身相齐国，名显诸侯。今者妾观其出，志念深矣，常有以自下者。今子长八尺，乃为人仆御，然子之意自以为足，妾是以求去也。其后夫自抑损，晏子怪而问之，御以实对。晏子荐以为大夫。"

一个车夫的妻子，在丈夫得意忘形的时候，用"离开丈夫"的办法，对丈夫进行了规劝，有理有据地数落了丈夫的浅薄，使丈夫服了一副清醒剂，掂出了自我分量的轻重。这个故事，发人深省，给后人以启发。"满则溢"，对每一个人来说，要做成大事业，就不能小进即止、小得即足，要保持谦虚卑逊的姿态，志存高远。当然，面对功名，人应有平常人的心态，不可刻意追求，不可沽名钓誉，更不可心理失衡。先做成了人，再做正业，再做于国于民有益的"官"，再成就更大的事业。这种选择，应是人间正道。

（十二）

《颜氏家训》"勉学篇"中写道："古之学者为己，以补不足也；今之学者为人，但能说之也。古之学者为人，行道以利世也；今之学者为己，修身以求进也。夫学者犹种树也，春玩其华，秋登其实；讲论文章，春华也，修身利行，秋实也。"这番话，多少有些崇古讽今的意味，但也并非"完全肯定"或"完全否定"。实际上，将古今学者的学习动机和功效"割裂"开看是不恰当的。古代学者勤学也不仅仅只是"补不足"，也有"修身以求进"的期望；今天学者求学，有"修身以求进"的目的，客观上也起到了"补不足"的作用。值得注意的是，作者对"春华秋实"的解释："夫学者犹种树也，春玩其华，秋登其实；讲论文章，春华也，修身利行，秋实也。"这里，涉及了怎么看待"文章"的问题，就文章说文章，不运用于社会实践，恐怕是一种虚功，"花"开了，没有长出"果子"。而将学到的东西运用于社会实践，修身利行，济世救民，则会结出累累果实，完成从"春华"到"秋实"的跳跃。"修身求进"，不能只理解为"走仕途"，而还应包括创新、开拓的涵义。只讲个人修身而不讲为社会、国家、人民谋取利益，是一种"洁身自好"式的修身主义，并非济世救民之正途。

（十三）

《拾遗记》中有篇《贾逵舌耕》，读起来提人精神："贾逵年五岁，明惠过人。其姊韩瑶之妇，嫁瑶无嗣，而归居焉，亦以贞明见称。闻邻中读书，旦夕抱逵隔篱而听之。逵静听不言，姊以为喜。至年十岁，乃暗诵六经。姊谓逵曰：'吾家贫困，未尝有教者入门，汝安知天下有三坟、五典而诵无遗句耶？'逵曰：'忆昔姊抱逵于篱间，听邻家读书，今万不遗一。'乃剥庭中桑皮以为牒，或题于扉屏，且诵且记。期年，经文通遍。于闾里每有观者，称云振古无伦。门徒来学，不远万里，或襁负子孙，舍于门侧，皆口授经文，赠献者积粟盈仓。或云：'贾逵非力耕所得，诵经舌倦，世所谓舌耕也。'"

据考证，"舌耕"一词，源于此文。这个故事的主角是姐弟俩，情节也不太复杂，但读起来颇能打动人心。一个进不了学堂的孩子，用耳朵听，就将《诗》、《书》、《礼》、《乐》、《易》、《春秋》六经烂熟于心，这不仅是记忆力问题，也不是讲特异功能，是讲人生的志气和毅力。贫寒之家，出这样的姐弟，那些巨贾富家又如何比得了？

"旦夕抱逵隔篱而听之"、"剥庭中桑皮以为牒"，这种刻苦好学精神，又岂是富家子弟所能比得了？！

人可能出身寒门，可能身处贫困，但有了求知求学求业的志气，也就有了真正的前途和希望。从这个意义上讲，贾逵"舌耕"所得，就不只是"积粟盈仓"了。

（十四）

荀子《劝学篇》中说："蚓无爪牙之利，筋骨之强，上食埃土，下饮黄泉，用心一也……无冥冥之志者，无昭昭之明；无惛惛之事者，无赫赫之功。行衢道者不至，事两君者不容。目不能两视而明，耳不能两听而聪。"

荀子这番话，主要用意，是讲人做事要专心致志，不能三心二意。蚯蚓看似不够强壮刚硬，然而却有"上食埃土，下饮黄泉"的本领，根本原因是它用心专一。在人生道路上，每个人都有许多的选择，每做一种选择之后都会遇到新的困难和新的机会。结合社会的需要，结合客观条件，结合自身状况，是"守住旧业"还是"再开新局"，人犹豫的时候是不少的。"中途之变"随时随地可能发生。有些人一生就这么"变"来"变"去，什么事都尝试着做了，什么事都没做成；有的人干一项事业，"一条道走到底"，结果在某一领域有所建树。当然，并不是所有的人都仅仅有恒心就可以成就事业，这里还要有科学定位，准确选择，还要有聪明才智和吃苦耐劳的精神，这几个因素都集合起来了，用心专一，则必成大业。读书的道理亦如此，用心读，又会读，读了又善于用，不仅可以"医愚"，更能救民济世，成为于国于民有益有功之才。

荀子以蚯蚓为例劝学,意境深远。世间有些人不善于"避已之短、扬已之长",是不懂此理之结果。世间也有一些人不善于从别人身上发现"短中之长",不知"有其短必有其长"的道理,吃的亏也不算少。

(十五)

读书著文者的时间,不是从天上掉下来的,实际上是求知的欲望强弱决定的。求知的欲望强烈,"时速"加快,人与书、人与文的"距离"相对变短;求知的欲望淡薄,"时速"减缓,人与书、人与文的"距离"相对变长。董遇读书,时间自觉很充裕。他的时间,来自"三余":"冬者岁之余,夜者日之余,阴雨者时之余也。"求知心切,董遇便"找"到了"很多"时间。欧阳修的写书时间,来自"三上":"平生所作文章,多在三上,乃马上、枕上、厕上也。盖惟此尤可以属思尔。"周谷城先生读书之道,又有创见:"业余闲读,日余夜读,假余娱读",这也是一种读书人求知的心得体会。

天下人,整天都只会写文章,如何有衣食住行之保障?社会需要文人,需要好文章,但不是所有人都要变成写文章的"专业文人"。读书不是职业,写文章亦可不当作职业。大多数人在做事中，完全可以用"空闲"时间来积累知识和撰写文章。

　　人生感悟，人人有之，差别不过是多或少，深或浅。人人都有的东西，并非都是一样滋味。世界的发达，不只是经济的发达，更是精神的发达、文化的发达，是人类心悟融通的发达。若大家都成为知古知今的文化人，都有能有所建树的职业，又都善诗文，世界该有多么美丽！

卷六

- 后人欲了解前人，知其一，算初知，知其二，算略知，知其三才算深知。

- 史学著作之代代有出，代代相传，既因有写史之君子，亦因有读史之君子。对人类社会而言，准确写史与读史，同样是重要而有益的。

- 史海浩瀚，史料如山，作为史学家，其职沉重，其责非轻。撰写出"简明而可靠的书"，实在是功莫大焉。

- 史学家，一旦选择了司马光、赵翼这样的道路，就不至于走入"繁琐考究"之类的误区，而往往能跳进史海寻史，跳出史海观史，在总结历史的经验教训方面，也往往会有所建树。

著史与论史

（一）

金庸的《射雕英雄传》、《天龙八部》、《鹿鼎记》等十多部中长篇武侠小说，之所以能有数不胜数的读者，那一定是因为：金庸的书中有众人的梦想。

"金庸式的历史观"，算是独树一帜。金庸曾于2000年9月23日在湖南发表了《中国历史大势》的演讲。他在这次演讲中讲了这么一段话："我在欧洲走，常常想，以前的罗马帝国跟我们西汉差不多是同一个时期，家业差不多大，国家武装力量很强，经济很发达，但是为什么罗马帝国一垮台就没有了，而中国汉朝灭亡之后，唐朝又复兴了，一直到宋元明清，到现在我们中国还是很强大。这样大的一个国家，人口这样多，家业这样大，而欧洲的罗马帝国却没有了，其中一定有原因，我常常考虑这个问题……我想中国历史有几个重要特点：一是我们的哲学思想是讲融合的，不像西方，哲学思想是讲向外扩散的，而且我们讲和谐、内部调和，内部在政治思想上要求不互相斗争。我们内部出现斗争的时候常常是国家比较衰弱、比较动乱的时候。内部和谐、团结，国家就发展了，国势兴盛了。我们中国还有一个很重要的因素是开放，对外部不排斥，对外来民族不排斥，能够接受外来文化。总之，中国强盛强大很重要的原因就是内部和谐，对外开放，不排斥。"

金庸对中国历史的认识，在此演讲中作了概括，其实，这概括的支流，早潜藏在一部部武侠小说中，演讲不过是对他历史观的归纳。他的武侠小说，大部分都有历史的背景，甚至书中登场的就是历史人物。他是一个武侠小说的大家，更是一个思想大家。他的思想集束中，有史学造诣的光芒。中国历经战乱，中国人民历经磨难，然而依然屹立于世界民族之林，必有内在的根因。金庸先生之见，讲的是中国文化的魅力，这种内讲和谐、外讲融会的文化，使中国内有凝聚力，外有亲和力，任凭世界风云变幻，浪大流急，中国巨轮总能"舱固舵稳"，保持前行的动力和相应的平衡力。

（二）

《史记·留侯世家》中对张良的"功夫"从哪里来的记载，带有某种神秘色彩。

良尝闲从容步游下邳圯上，有一老父，衣褐，至良所，直堕其履圯下，顾谓良曰："孺子，下取履！"良鄂然，欲殴之。为其老，强忍，下取履。父曰："履我！"良业为取履，因长跪履之。父以足受，笑而去。良殊大惊，随目之。父去里所，复还，曰："孺子可教矣。后五日平明，与我会此。"良因怪之，跪曰："诺。"五日平明，良往，父已先在，怒曰："与老人期，后，何也？"去，曰："后五日早会。"五日鸡鸣，良往，父又先在，复怒曰："后，何也？"去，曰："后五日复早来。"五日，良夜未半往。有顷，父亦来，喜曰："当如是。"出一编书，曰："读此则为王者师矣。后十年兴，十三年孺子见我济北，谷城山下黄石即我矣。"遂去，无他言，不复见。旦日视其书，乃《太公兵法》也。良因异之，常习诵读之。

司马迁是在写史吗？不，司马迁这里在讲故事，讲一段引人入胜的故事。从唯物论角度说，这个故事也可称之为"瞎话"，写这个故事，叫"编瞎话"。但司马迁讲这个故事，是有听众的。在中国，在世界，在古代，在现代，在今天，在明天，围绕着伟人、名人身前身后，不可信又让不少人信、知其无又好像有的故事很多。这些故事代代相传，颇有影响，是因为群众基础广泛，大众不是史学家，但大众心中有自己的历史。史学家讲这类故事，自己相信到什么程度是一回事，而写给世人去读，一定有明确的目的。

张良原本是个江湖浪子，曾谋划着刺杀秦始皇，带有"亡命之徒"的因子。他怎么就成了"汉初三杰"之一，成为刘邦的首席幕僚，成了知机识变、深沉老练的政治家？司马迁走了一条捷径，搬出了一位黄石公。作为故事，黄石公的出现的确解决了张良"转智"的问题，但作为真实的历史，司马迁为人们留下了一个硕大的问号：张良之计谋之策略到底从哪里来？会从哪里来？《史记》是历史著作，同时又是文学著作。从历史著作角度看，司马迁在张良这个人物的记载上，留下了遗憾；从文学著作角度看，司马迁将张良与黄石公的故事讲得活灵活现，相当成功。对史学家来讲，兼顾文学，利在其中，弊亦在其中。《留侯世家》便是一例。

（三）

《后汉书·儒林列传序论》中载：

> 初，光武迁还洛阳，其经牒秘书载之二千余辆，

自此以后，叁倍于前。及董卓移都之际，吏民扰乱，自辟雍、东观、兰台、石室、宣明、鸿都诸藏典策文章，竟共剖散，其缣帛图书，大则连为帷盖，小乃制为縢囊。及王允所收而西者，裁七十余乘，道路艰远，复弃其半矣。后长安之乱，一时焚荡，莫不泯尽焉。

书籍文献在历史上遭劫，东汉年间的损毁只是悲剧中的一幕而已，每次在战火中实现的政权更迭和交替，都伴随着物质财富和文化财富的灾难。"焚书坑儒"不是始端，更不是终结。在秦之前，文化的残损度一直很高。许多"文化"曾经凝炼结晶，但在历次战乱中散失了，这不只给后人研究前人制造了障碍，还使前人留给后人的精神产品价值大大"缩水"。读《后汉书》此段记述，痛心之余，也想问一句：若历史上的所有书籍文献都完好无损地留存下来，这史书的厚度会增加多少？今日尚困尚惑的历史之谜要揭开多少？

史料的繁杂，需要淘汰。但淘汰的重点是去伪存真，去枝叶留主干，去杂乱保整齐。淘汰的手段绝不是战火和不分良莠的毁灭。

(四)

黄仁宇先生《赫逊河畔谈中国历史》，由三十三篇文章集成，系作者1987年至1989年间作品。本书从孔孟，讲到元顺帝，由人事而论史，前后连贯，为我们认识史中之人提供了一个独特的视角，也为我们透过历史人物不被人察的某些思想、观点、言行从而更准确地廓理史实史迹，开辟了新的探索领域。

黄仁宇先生在该书中的某些观点，有独见处，印象深的，如对历朝历代的"总评"，他认为："中国虽然在历史上产生过九个统一全国的大朝代（秦、汉、晋、隋、唐、宋、元、明、清）和十多个到二十个小朝代，为研究检讨方便起见，我们仍可称秦汉为'第一帝国'，隋唐宋为'第二帝国'，明清则为'第三帝国'。第一帝国的政体还带贵族性格，世族的力量大。第二帝国则大规模地和有系统地科举取士，造成新的官僚政治，而且将经济重心由华北的旱田地带逐渐转移到华南的水田地带。在第一、第二帝国之间有过三个半世纪之上的分裂局面（晋朝之统一没有实质）。若将第二帝国与第三帝国比较，则可以看出第二帝国'外向'，带竞争性。与明清之'内向'及'非竞争性'的迥然不同……第二帝国带扩张

性,第三帝国则带收敛性。两个帝国之间,也有了元朝作转变和缓冲的阶段。"(大陆版卷后琐语)

在人物的评价中,黄仁宇先生谈了不少独到的看法,如对孔子和孟子的对比:"在儒家的传统中,孔孟总是形影相随,既有大成至圣,则有亚圣,既有《论语》,则有《孟子》。孔曰'成仁',孟曰'取义',他们的宗旨也始终相配合。""但是我们仔细比较他们,却也发现很多不相同的地方。最明显的,《论语》中所叙述的孔子,有一种轻松愉快的感觉,不如孟子凡事紧张。""孔子生于公元前551年,卒于公元前479年,是春秋时代的末期。孟子的生卒年月,虽不能确定,但是他最活跃的时间,也是战国时代的前中段。""孔子对当日情形,还没有完全失望。他的闲雅代表着当时的社会,相对于战国的暴乱而言,还相当的宁静。所以他仍提倡'克己复礼',显示着过去的社会秩序仍可恢复。""孟子有时候被人称为有'革命性',这是因为战国时代的动乱,使他知道,只是恢复故态而不改弦更张是不能济事的。"黄仁宇先生从孔子和孟子的言论比较,指出了两个人所生活的社会历史背景的影响。与孔子的浪漫复古思想比,孟子的思想更趋现实,且更有一种"因势利导"的政治抱负。

黄仁宇先生这本书中,谈秦始皇,谈司马迁和班固,谈

史街余韵

王莽和隋炀帝，谈李悝和王安石，谈汉武帝和武则天，谈宋太祖和成吉思汗，经常"离开人"谈"人"，"跳出史"论史。"离开人"，是分析人所处的历史环境下的政治经济文化军事"背景"，而这种分析每每从常人不经意的细节入手，挖掘出富有启发性的新见。"跳出史"论史，是通过历史的人物间思想撞击出的火花，凸显历史段落的时代印痕。正如黄仁宇先生所说："最后我希望与本书读者共同保持一点检讨中国历史的心得，此即当中的结构庞大，气势磅礴，很多骤看来不合情理的事物，在长时期远视界的眼光之下，拼合前因后果，看来却仍合理。"

（五）

《史记·货殖列传》中，记载了计然为越王勾践出的主意："论其有余不足，则知贵贱。贵上极则反贱，贱下极则反贵。贵出如粪土，贱取如珠玉。财币欲其行如流水。"这番话，讲的是经商之道，亦是哲学中的辩证法。说其讲经商之道，是因为触及了价值规律这只"无形的手"，运用价值规律，便可贵出贱取，积累起无穷的财富。说其讲的是哲学，是因这番话里含有辩证法，事物发展到极限就要朝相反方向转化，物品供应及价格走势亦如此。"粪土"、"珠玉"是事物的两端，但这两端是可以转化的。善于转化的，可以促进经济发展，使百姓生活富足。"有余"与"不足"、"贵"与"贱"、"粪土"与"珠玉"，这三对彼此间看似很"远"的概念，在转化中变"近"了。

司马迁是历史学家，也有经济学家的眼界，同时还有哲学家的思维。研究中国古代经济史，《货殖列传》是篇十分重要的文献，值得反复阅读。一个古代历史学家，在注重人物记述的同时，留意社会物质生产情况的分析，本身是十分可贵的。

（六）

《礼记·檀弓上》记载了由子、曾子、子游的一场争论，焦点是孔子"丧欲速贫，死欲速朽"这句话到底说没说过，是什么意思。曾子认定孔子说过这句话，但不知其"语言环境"。由子在确信孔子说过此话后，推断"然则夫子有为言之也"，就是说这话一定是有所针对而讲。见证人是子游，他说，孔子说的"丧欲速贫"，是针对南宫敬叔为谋复官贿赂君主"载宝而朝"言，"死欲速朽"，是针对桓司马"自为石椁，三年而不成"言，都是特定环境下孔子看不惯这两个人的做法而讲的话。后人"听"历史人物的话，包括历史伟人的话，若与当时的语言环境割裂开来，很容易"走偏"，很容易产生歧义和误解。

孔子讲失去了官职要快些贫穷，人死了就要快些腐朽，如果不是针对那两人错误的行为讲，就会成为"非君子之言"。而如果知道其针对性，就会懂得"丧欲速贫，死欲速朽"的真实含义，就会明白这才是"君子之言"。

看历史人物，要在一定的历史背景下看；评历史人物做过的事，要用历史的眼光评；对历史人物说过的话，要从历史进程的角度分析。就历史人物说过的话来讲，抽象的具有哲学高度的见解，可能超越时空，生命力长久些，而具体的论述，由于其当时的社会背景和语言环境，总有一定的局限性。有针对性就有局限性，这是无数事例证明了的。值得总结的教训是，后人中总有迷惑者，为了做某事，不是从前人总结出的富有哲学高度的成果出发，而是用前人本来有局限性的只言片语，来做某种佐证，结果是昨是今非，今是明非，此是彼非。这些教训是相当深刻的。由子、曾子、子游三人的谈话，给我们一定的启示。

历史有历史的原本，事实有事实的原本，经典语言有经典语言的原本。后人不能用"实用主义"的手段来对前人的文章"断章取义"，来"肢解"甚至"误解"前人说过的话。

（七）

梁启超先生《中国历史研究法》出版后，他写了《研究文化史的几个重要问题——对于旧著〈中国历史研究法〉之修订及修正》一文，文中有这么一段话："物质文明这样东西，根柢脆薄得很，霎时间电光石火一般发达，在历史上原值不了几文钱。所以拿这些作进化的证据，我用佛典上一句话批评他：'说为可怜愍者。'"

梁启超先生将物质文明"看淡"了，自有他的主张："我认为，历史现象可以确认为进化者有二：一，人类平等及人类一体的观念，的确一天比一天认得真切，而且事实上确也著著向上进行。二，世界各部分人类心能所开拓出来的'文化共业'永远不会失掉，所以我们积储的遗产的确一天比一天扩大。只有从这两点观察，我们说历史是进化，其余只好编在'一治一乱'的循环圈内了。但只须这两点站得住，那么，历史进化说也尽够成立哩。"

梁启超先生的观点，核心是：物质文明变化不代表历史进化，代表历史进化的是"人类平等及人类一体的观念"和"世界各部分人类心能所开拓出来的'文化共业'"。如此将物质文明进化与精神文明进化割裂开来，恐怕有些偏颇。离开物质文明进化，精神文明进化也会受限制。

人类历史的进化，其实涵盖多重内容：一，人类自然肢体的进化；二，人类物质生产生活水平的进化；三，人类心智的进化；四，人类文化生活方式的进化。若舍其任何一部分，则显不全面。

由另一个角度说，人与其他万物之别，在于人类文化，这个人类文化，是个包涵了物质、精神两方面合成融聚的大文化。在这个大文化中，不仅不排斥物质文明，而且它还是重要组成部分。比如，可否问："仰韶文化"仅是精神上的东西吗？

梁启超先生举中国秦朝阿房宫的例子试图证明，物质上的文明，说有也快，说无也速。精神文明，也不是不易受损害。古今中外的许多例子证明，物质文明毁灭的时候，精神文明也要受灭顶之灾。大凡精神文明繁荣的时期，往往与社会生产力蓬勃发展或挣脱旧体制藩篱过程是同时出现的。春秋战国之诸子百家，汉之赋，唐之诗，宋之词，元之曲，明清之小说，表面看是文化的跳跃，根底里是社会生产力的涌动。

（八）

梁启超先生将史学家易犯的毛病，归为夸大、附会、武断三个方面。在《中国历史研究法补编》中，他说："忠实一语说起来似易，做起来实难。因为凡人都不免有他的主观，这种主观蹯踞意识中甚深，不知不觉便发动起来……完美的史德真不容易养成。"

梁启超先生认为史学家值得警惕"夸大"的毛病："夸大心人人都有，说好说坏各人不同，史家尤其难免。自问没有，最好，万一有了，应当设法去掉它。"

梁启超先生认为史学家值得警惕"附会"的毛病："自己有一种思想，或引古人以为重，或引过去事实以为重，皆是附会。这种方法很带宣传意味，全不是事实性质，古今史家皆不能免。"

梁启超先生认为史学家值得警惕"武断"的毛病："武断的毛病，人人都知道不应该，可是人人都容易犯。因为历史事实散亡很多，无论在古代、在近代都是一样。对于一件事的说明，到了材料不够时，不得不用推想。偶然得到片辞孤证，便很高兴，勉强凑合起来作为事实。因为材料困难，所以未加审择，专凭主观判断，随便了之。其结果就流为武断了。"

讲了这三个易犯的毛病，梁启超先生归纳说："史家道德，应如鉴空衡平，是甚么，照出来就是甚么；有多重，称出来就有多重，把自己主观意见铲除净尽，把自己性格养成像镜子和天平一样。但这些话，说起来虽易，做到真难。我自己会说，自己亦办不到。"

听梁启超先生这番话语，觉得很敬佩他。原因是他作为史学家之一，对自己和自己的同行，进行了一次深刻的剖析和彻底的反思。因为过去的历史记录和痕迹可以说浩如烟海，也可以说飘零四散，所以史学家才要"追寻史迹"去考证、甄别、发掘；因为现在之生活纷繁复杂，主次混居，所以史学家要择重去轻，载其要旨而弃舍枝节。史学家难以避免出现三个毛病，不等于史学家对这三个毛病可以不当毛病医治。恰恰相反，梁启超先生自敲警钟，实在证明了史学家队伍主流的伟大，证明了史学家职业的高尚。愿每一个立志史业的人，都知道梁启超先生的良苦用心。

（九）

历史上人们对王安石的评价中，"贬"得多不公平。清代袁枚在其著作《小仓山房集》中，有《书〈王荆公文集〉后》一文，也对王安石进行了批评，但此文中，有几句话也有可取之处。袁枚生于1716年，历康、雍、乾、嘉四朝，卒于1797年。他善诗文，喜山水，不恋官位，走了一条归隐赋闲之路。他在评价王安石的时候，说过这么几句话："宋室之贫，在纳币、郊费、冗员诸病。荆公不揣其本，弊弊焉以赊贷取赢。考其所获，不逮桑、孔，而民怨则过之。以利为利，不以义为利，争黔首反失黔首矣。"看到这一层，袁枚也算撩见到了王安石改革失败内幕的一角。

的确，宋朝之弊，王安石只看到了一部分，甚至是一少部分。如果说王安石有什么偏差，改革尚不够彻底，尚未触及要害，恐怕是事实。王安石的变革，缺陷不是没有。不懂"突变"与"渐变"的差异及功效，不懂"突变"的猛烈与"渐变"的温和，也是其缺陷之一。我们要赞扬的是王安石的改革精神，他的敢为天下先的气魄，他的推进改革的百折不挠的意志。站在这一角度看，可以认为，历史上一些人对王安石变法的"贬"，有的是带有人身攻击语言的"贬"，是不公平的，也是不能接受的。袁枚讲王安石，也有欠当之处，也有责怪过头的地方，如"读其《度支厅壁记》，而后叹其心术之谬也"、"然则荆公之所以理财者，其意不过夺贱人取与之权，与之争黔首，而非为养人聚人计也。是乃商贾角富之见，心术先乖，其作用安得不悖"，等等。总体上讲，袁枚对王安石采取了基本否定的态度,这是极端错误的。到了清代,人们还不能够正确评价王安石,实在是可悲。

(十)

修史成果,多属于"隔朝之作",即后朝后代的人为前朝前代人撰史。其间,往往"官史"、"私史"并进,要经历一番大浪淘沙。比如两晋南朝时期,撰著《晋书》者多达23家。到唐朝官修《晋书》时,尚有19家。唐太宗令房玄龄为监修,褚遂良总领其事,完成了《晋书》,终成为二十四史之一。其他各家,终因其缺陷更多,文鄙词拙,详略失当,或立于侧林,或渐被湮没。

再如范晔的《后汉书》。在他之前,已有许多人尝试着撰写东汉断代历史。东汉刘珍等人的《东观汉记》一百四十三卷;三国时吴国谢承撰《后汉书》一百三十卷;晋司马彪撰《续汉书》;晋华峤做《后汉书》;晋谢沈著《后汉书》;晋薛莹著《后汉书》,等等。但到最后,还是范晔之劳动成果凸显出来了。

史书能留传下去,关键还在于客观、全面、公允,"粗"记"细"述得当。史书可以有这样那样的不足甚至是令人遗憾的缺陷,但不失大节大道,才能立得住、传得广。

说起立得住、传得广的史书,我们是讲它的"大节大道"，而不是计较"细枝末节"。其实，"二十四史"中的每一部史，在其"大节大道"尚可的同时，都有明显的缺点。比如《春秋》记事过于简约，内容空洞、抽象；比如《史记》受天人感应的唯心主义影响较大；比如《三国志》对西晋统治者隐恶溢善；比如《后汉书》中对符瑞、气运、阴德谶讳的迷信；比如《旧唐书》中的零乱、粗疏；比如《新五代史》对"史料"的"褒贬"、"笔削"，使部分历史记载"走样"；比如《资治通鉴》中对文化方面的淡化和对文人记载的弱化；比如《明史》中免不了的忌讳和曲笔，等等。这种不足提醒我们，立得住、传得广的史书也不是尽善尽美的。它们或多或少都有自己的短处和弱点，读史时对此也不能视而不见。

著史，是耗费心血的事业。史书，若被历史遗忘，那肯定是"内在素质"出了大问题。能够流传下来的作品，一定是毛病相对较少的精品。历史对史书的选择，既有有情的一面，亦有冷酷的一面。

（十一）

在中国史学界，郭沫若占有重要一席。《甲申三百年祭》是其代表作之一。1944年春天，史学家郭沫若写成了《甲申三百年祭》。该文重点放在了总结李自成由胜利到失败的沉痛教训，对其胜利后骄傲自满、军纪涣散、屠戮功臣等毛病进行了剖析，成为史学研究中一篇警文。读透此文，要粗略了解一下郭沫若的历史观。

郭沫若生于1892年，逝世于1978年，一生涉猎文学、艺术、哲学、历史学、考古学、金文甲骨文研究，著述颇丰。就史学研究而言，郭沫若身上有三大特点：一是主张"史为今用"，将历史之事与现实之事进行联系，提醒当代人以史为鉴，推进历史进步与发展；二是善于"以文讲史"，以文学手法作为史学思想的载体，将屈原、蔡文姬、武则天、郑成功等历史人物写进了剧本，搬上了舞台，从而深化了对历史人物的思想认识开掘；三是研究中将个别人物及其所在时代的横断面与人类历史纵向坐标结合起来，既有"单产"的收获，又有"总产"的硕果。郭沫若的《青铜时代》、《历史人物》、《奴隶制时代》等著述，主编的《中国史稿》等书，均体现了郭沫若在史学研究方面的深厚功底。

研究历史，过分的否定和批判，过分的肯定与赞美，都会有失客观和科学。对历史之研究，应按历史唯物主义观点看人论事，这样会看清历史人物的历史地位及对人类历史的作用。郭沫若说过："只要是一个人体，他的发展，无论是红黄黑白，大抵相同。由人所组成的社会也正是一样。"他主张："跳出一切成见的圈子"，找寻社会历史共有的规律。"史为今用"，不是要去改变已经不能改变的"历史原本"，而是要在看清"历史原本"的同时，认清"历史原本"所以会发生、发展、变化的原因，找出古人的经验和教训，供今天参考借鉴。而按今天的需要和情况去"改装"古人的一切言行，是容易出偏差的。郭沫若说："历史就是发展，当从发展中去处理历史人物和事件。"从发展中看历史人物，是比较科学的，但我们对"发展"这个词儿一定要有准确的认识和理解。

郭沫若曾在《十批判书·后记》中讲到这样一种观点："批评古人，我想一定要同法官断狱一样，须得十分周详，然后才不致有所冤屈。法官是依据法律来判决是非曲直的，我呢是依据道理。道理是什么呢？便是以人民为本位的这种思想。合乎这种道理的便是善，反之便是恶。"

沿着郭沫若的论点，看以往对"历史人物"的"史评"，似乎从"复杂"走向了"简单"。"以人民为本位"，就是以人民利益为根本，做了符合人民利益的事的要肯定，做了损害人民利益的事的要否定。

这里有一个问题要弄清楚，看"历史人物"的功过是非，要遵循"历史原本"，看他对他所处的时代里的人民利益的贡献或损害情况，同时还要由他所处的那个时代向后看，看他当时的所作所为对后来的人民利益的贡献或损害情况，这不是要让古人承担现代人的责任，而是为了更客观地评价古人的历史地位和作用。"看当时"与"看后来"，并不矛盾。有的"历史人物"当时做的事不被当时人所接受，当时的人也没受益，但后来的人民在几百年、几千年中理解了，也受益了。对这类"历史人物"究竟该如何评价？还有的"历史人物"，当时做的事被当时几年间、几十年间的人们理解了，当时的一些人们也受益了，但对后来几百年、几千年的人民有害。这类人物又该如何评判？

郭沫若的史学思想，是一本很厚重的书。要读通读懂读透，须下一番苦功夫。

（十二）

评论现实世界，有两种思路。一是"向前看"，二是"向后看"。"向后看"的人总是用"先人之治"、"圣人之言"为标准，为现实社会开"治病处方"，这种风气，播种在封建时代不少文人墨客身上，更起到了扩散效果。读曾巩《唐论》，就能看出二三。

《唐论》对"历史过程"的叙述是：从周成王、周康王之后，"民生不见先王之治，日入于乱，以至于秦，尽除前圣数千载之法。天下既攻秦而亡之，以归于汉……然大抵多用秦法，其改更秦事，亦多附己意，非效先王之法而有天下之志也……汉之亡，而强者遂分天下之地。晋与隋虽能合天下于一，然而合之未久而已亡，其为不足议也。""代隋者唐，更十八君，垂三百年，而其治莫盛于太宗之为君也，诎己从谏，仁心爱人，可谓有天下之志。"唐之盛，见于太宗年间。太宗之治，又如何呢？"夫有天下之志，有天下之材，又有治天下之效，然而不得与先王并者，法度之行，拟之先王未备也；礼乐之具，田畴之制，庠序之教，拟之先王未备也；躬亲行阵之间，战必胜，攻必克，天下莫不以为武，而非先王之所尚也；四夷万里，古所未及以政者，莫不服从，天下莫不以为盛，而非先王之所务也。太宗之为政于天下者，得失如此。"照此说来，唐太宗的作为，有效而不完美，不完美的地方就是跟"先王"比有差距，做先王没做的，不行；做先王做过的，做得不够也不行。

议论唐太宗的功过是非，看待唐太宗的历史地位及作用，只是曾巩所举的一个"例子"。用"古尺"丈量，还是用"今尺"丈量，不仅是长短上的计算、折算问题，关键是应该用哪把尺子的问题。"先人之治"，是生产水平、生活水平极为低下年代之治，如将那时的治天下办法"照搬"至唐朝，肯定是行不通的。唐太宗的历史贡献，就在于唐太宗有了治理他所处时代弊病的能力和办法。唐太宗如果有什么错误和欠缺，一定是他解决现实问题上的错误和欠缺。这才是他"得失"所在。从人类历史发展规律看，进化、进步是主流，生产力水平逐渐提高，生产关系不断变革，人民生活总的趋势是向更丰富、更美好的方向走，"复古"不能，"回头路"更行不通，而用"古尺"丈量今人今事，更不顺历史潮流。儒家思想中"复古"、"崇古"的含量很大，其消极的地方也在于此。

曾巩在写给欧阳修的信中曾介绍自己"家世为儒，故不业他"，他继承了儒家的"复古"、"崇古"思想也就不奇怪了。《唐论》是这种思想的集中体现。曾巩《唐论》从纯文学的角度看很有价值，但从思想观点上看是欠妥当的，他用"古尺"丈量现实世界的观点是不合时宜的。

（十三）

"君子多识前言往行，以畜其德。"（《易传》）史学著作之所以代代有出，代代相传，既因有写史之君子，亦因有读史之君子。对人类社会而言，准确写史与读史，同样是重要而有益的。

人生百载，数十载，岁长不如山川江湖，游历广不及星辰日月，如何能在短暂一生于世间有所辉煌？知晓"前言往行"能助一臂之力，甚至是建造了跳跃的台基。

"前言"，是古人所思所想之流露。或许只是其中的一些片段，或许是一些零碎的火花，但古人对天地万物，对生活百态，对世态炎凉，对人生之感悟，"前言"的积淀，十分难得。有了这些"前言"，后人便能知晓很多。"往行"，是古人所为所做之写照，或许只是个"大概"，或许有一定的出入，但是，古人足下的痕迹，毕竟留下来了，那弯弯的泥路上，成者败者，兴存衰亡，正是后人的借鉴。

（十四）

作为《后汉书》的撰写者，范晔是一位杰出的史学家。他的一生，经历了东晋、刘宋两代，公元445年以谋反罪被杀害。

范晔的结局是悲惨的。短暂的48个春秋，作为人生，他并没有虚度。《后汉书》的传世或许就是他的生命延续的证明。

范晔出身于官宦之家，祖上几代为官于晋朝，其父范泰又事宋武帝刘裕和宋文帝刘义隆。到了范晔这一代，开始他也颇受朝廷器重，后来一次酒后失态，被贬为宣城太守。对范晔而言，这次受挫，既使他心灰了许多，又激励他"静下心来"在史海遨游。《后汉书》便是这期间的杰作。

从司马迁到范晔，再到司马光，官场失意或横遭逆境而潜心史学研究，似有一定的规律。作为政治家，其宏图伟略若不能于官场显露，"以退为进"的首选目标便是铸造"史鉴"，字里行间深藏其政治抱负及政治主见，也不失为选择了一种值得献身的同样伟大的事业。

司马迁在《太史公自序》中写道："昔西伯拘羑里，演《周易》；孔子厄陈、蔡，作《春秋》；屈原放逐，著《离骚》；左丘失明，厥有《国语》；孙子膑脚，而论兵法；不韦迁蜀，世传《吕览》；韩非囚秦，《说难》、《孤愤》；《诗》三百篇，大抵贤圣发愤之所为作也。此人皆意有所郁结，不得通其道也，故述往事，思来者。"这段阐述，实属精辟之见。于大不顺中成就一番大事业，例子是很不少的。范晔属于"后来者"，也属于"前人"。

（十五）

黄仁宇先生《李贽——自相冲突的哲学家》一文，值得再三细读。这篇两万多字的文章，是给李贽作评，又是为李贽鸣不平。黄仁宇先生认为李贽是不幸的，但他写道："我们再三考虑，则又觉得当日李贽的不幸，又未必不是今天研究者的幸运。他给我们留下了一份详尽的记录，使我们有机会充分地了解当时思想界的苦闷。没有这些著作，我们无法揣测这苦闷的深度。"

作为一家之言，黄仁宇先生对李贽的评价是否公允，历史自有结论。的确，黄仁宇先生以为李贽留下了《焚书》、《续焚书》等著作，使后人找到了由"文"及"人"的通途。在历史上，"平面的人"与"立体的人"在后人眼中，差别往往在这里。古人分类，可分三级，一是有姓名无事迹的，二是有名有事迹的，三是有名有事迹有著述的。研究李白、杜甫，知其生平是一方面，读懂了其诗文，则真正扣开了诗人心灵的大门。欧阳修、韩愈、王安石、龚自珍等等，如同李贽一样，有其著作，我们才可以了解一个个"立体的人"。后人欲了解前人，知其一算初知，知其二算略知，知其三才算深知。

（十六）

史学家也有"后评"之争。裴松之就是代表人物之一。裴松之的《三国志注》，走了一条颇有争议的新路。过去人们作注，重在对文字进行疏证，而裴松之为陈寿《三国志》作注，重在辨证史事，提供史料。有统计，《三国志注》中引用的书目有210种之多，由于旁征博引，《三国志注》篇幅终以数倍于《三国志》而成。这种"越位之举",引起了一些史学家的批评。史学大家刘知几就对裴松之大泼冷水:"好事之子,思广异闻","才短力微不能自达,庶凭骥尾千里绝群"。

史界自有公道。《四库全书总目提要》,讲了《三国志注》的六大特点:"引诸家之论以辨是非";"参诸书之说以核讹劣";"传所有之事详其委曲";"传所无之事以补其阙佚";"传所有之人详其生平";"传所无之人附以同类"。

裴松之生于公元372年,卒于公元451年,经历了东晋、刘宋两朝。《三国志注》成书于公元429年,宋文帝称赞道:"此为不朽矣!"

裴松之很可能没有想到后来引起那么大的批评声音,但他为自己的所为提前做了铺垫:"其寿所不载,事宜存录者,则罔不毕取,以补其阙;或同说一事而辞有乖杂,或出事本异疑不能判,并皆抄内,以备异闻;若乃纰缪显然,言不附理,则随违矫正,以惩其妄;其时事当否及寿之小失,颇以愚意有所论辩。"

裴松之为自己"越位"提供了充足理由,因为陈寿《三国志》"失在于略,时有所脱漏"。其实,裴松之看到了《三国志》存在的不足,致力于一个"补"字,恰恰有所建树,"注"出了新的天地。

裴松之的《三国志注》虽然受到了王通、刘知几、叶适、赵翼等人的批评，但也有自己的知音，如胡应麟、侯康等人。胡应麟说："裴松之之注《三国》也，刘孝标之注《世说》也，偏记杂谈，旁收博采，迨今借以传焉。非直有功二氏，亦大有造诸家乎！若其综核精严，缴驳平允，允哉史之忠臣、古之益友也。"侯康说："陈承祚《三国志》，世称良史，裴《注》尤博赡可观。"

对裴松之《三国志注》的"贬"与"褒"，"贬"多还是"褒"多，很难用比例来计算，但有一点可以肯定：越到后来，人们越感到裴松之的贡献。许许多多人的"史料"，如果不是被裴松之拾进"篮子"，恐怕早已不存人世了。这种功劳是"主流"，而"芜杂之病"，实在是"支流"。史学家履职，分为三种：一是"记史"，二是"补史"，三是"考史"。裴松之以"注"来"补史"，又兼"考史"，堪称奇才伟业。

（十七）

《列子》中讲了一个与孔子"圣明"有关的故事。"宋人有好行仁义者，三世不懈。家无故黑牛生白犊，以问孔子。孔子曰：'此吉祥也，以荐上帝。'居一年，其父无故而盲，其牛又复生白犊。其父又复令其子问孔子。其子曰：'前问之而失明,又何问乎?'父曰:'圣人之言,先迕后合。其事未究,姑复问之。'其子又复问孔子。孔子曰:'吉祥也。'复教以祭。其子归致命。其父曰:'行孔子之言也。'居一年,其子又无故而盲。其后楚攻宋,围其城,民易子而食之,析骸而炊之;丁壮者皆乘城而战,死者大半。此人以父子有疾,皆免。及围解而疾俱复。"

宋人中这位"好行仁义者",黑母牛生了白色牛犊,"请教"于孔子,孔子以为"吉祥",父子两人先后成了瞎子,似是灾祸临头。楚国攻宋,广征兵员,战死过半,父子俩因瞎得免,当城围一解,父的双目便复明了。此事过程曲折,结局甚美满,足见孔子"深谋远虑",也应了"圣人之言,先迕后合"之论。

读此文,觉得很让人困惑。孔子什么时候变成了"能掐会算"之术士?历史上是真有其事,还是民间杜撰?很有可能,这则故事是孔子的信徒们编造出来的,流传之中,被《列子》的作者收于书中。一句话,故事性极强的东西,可信度往往极低。值得注意的是,文中父子两人的思想基础:"好行仁义"和"遵从圣言"。"仁义"是孔孟之道的核心内容,"信之者吉祥",是这个故事的要点。其实,孔孟之道赖以生存和发扬的根基不在这类"故事"上,而在于其哲学、伦理、道德思想，用这样的"故事"佐证什么，反倒是"弄巧成拙"，效果也不好。孔子再圣明，也不会"神"到这个程度，这种记述本身，也很有些荒诞。

（十八）

司马光的人生闪光点不在仕途上，而在《资治通鉴》。读这一巨著，先要读的，是司马光的《进〈资治通鉴〉表》。历时19个寒暑，司马光在书成之日，心情格外激动，他给宋神宗写了奏表，连同书一起，恭恭敬敬呈了上去，显示了三朝老臣对朝廷的殷殷忠心。司马光先是表示了谦虚的胸怀："伏念臣性识愚鲁，学术荒疏，凡百事为，皆出人下"；接着，又讲了另一方面："独于前史，粗尝尽心，自幼至老，嗜之不厌"；再下来，讲了编书的原因："每患迁、固以来，文字繁多，自布衣之士，读之不遍，况于人主，日有万机，何暇周览？臣常不自揆，欲删削冗长，举撮机要，专取关国家兴衰，系生民休戚，善可为法，恶可为戒者，为编年一书，使先后有伦，精粗不杂。"

司马光这一表白，将其治史之目的，与君王治国之机要紧密联系起来，与一般史书只对史负责的目的，明显区别开来。借此机会，司马光似无意间，讲了自己的辛苦和付出的心血:"臣既无他事,得以研精极虑,穷竭所有;日力不足,继之以夜;编阅旧史,旁采小说;简牍盈积,浩如烟海;抉摘幽隐,校计毫厘。"这里的"既无他事",话里有话,是不是牢骚的"牢骚话",表达了自己官场受冷落的心态。不仅如此,司马光还给自己留了"余地":"自治平开局,迨今始成,岁月淹久,其间抵牾,不敢自保,罪负之重,固无所逃。臣光诚惶诚惧,顿首顿首。"这几句,看出了司马光评议历代政事,恐有影射和暗连之处,对宋神宗会不会怀疑"春秋笔法",也有所担心。这也是"以进为守"的策略。读此奏表,还不能忘了这几句话:"重念臣违离阙庭,十有五年,虽身处于外,区区之心,朝夕寤寐,何尝不在陛下之左右。"话是正面说,明是示忠,暗是伤感。

司马光写这一奏表时,已经65岁。在宋神宗看到这一奏表后两年,司马光离开了人世。公正地说,此时的司马光不会期望朝廷的再次重用了,他的诚意是明显的:"伏望陛下宽其妄作之诛,察其愿忠之意,以清闲之宴,时赐省览,监前世之兴衰,考当今之得失,嘉善矜恶,取是舍非,足以懋稽古之盛德,跻无前之至治,俾四海群生,咸蒙其福,则臣虽委骨九泉,志愿永毕矣。"

"臣虽委骨九泉,志愿永毕矣",读至此,人的心会为之一颤：19个春，19个秋，一个政治家从46岁，熬到了65岁，捧此巨卷，心中有多少欢欣，又有多少酸楚，谁知其中滋味呢？

读《进〈资治通鉴〉表》，只看见了作者撰史的目的还不够，还须领悟作者那百感交集、复杂无比的心结。了解司马光，要读《资治通鉴》；要读懂《资治通鉴》，先要看清《进〈资治通鉴〉表》背后的"潜台词"。

（十九）

明代思想家李贽的历史观，见于《世纪列传总目前论》中。他说："人之是非，初无定质；人之是非人也，亦无定论。无定质，则此是彼非，并育而不相害；无定论，则是此非彼，亦并行而不相悖矣。然则今日之是非，谓予李卓吾一人之是非，可也；谓为千万世大贤大人之公是非，亦可也；谓予颠倒千万世之是非，而复非是予之所非是焉，亦可也。则予之是非，信乎其可矣。"这段话中引人注目的，是李贽提出了"是非无定质"和"是非无定论"。这实际上将历史学与哲学连在了一起，是真理的相对性和绝对性，与历史的来去之间关系的阐述。"昨日是而今日非矣，今日非而后日又是矣"，这种"纯粹的相对"，是有偏差的。人世间的是非标准，不是昨一个今一个，不是前黑后白，在根本的是非标准上，"恒定"的内涵还是存在的。但是，由于人为的因素（如利害关系、利益关系），是非在一定时间里可能被混淆了、颠倒了，这就有了"再后来"的"平反"、"翻案"之类的问题。"昨是今非"、"今是明非"也就难定了。如果将此现象绝对化，认为世间所有的历史，都逃不了"前是后非"、"前非后是"的循环，那就是陷入唯心主义的泥沼了。

为了追求真理，对历史，需要有敢于怀疑的勇气。对前人的结论，可以进行科学的"再研究"、"再分析"、"再评议"。如李贽断言"咸以孔子之是非为是非，故未尝有是非耳"，意在提倡怀疑精神，主张独立思考。但是，凡事都不是绝对的，怀疑也要有限度，这就是要讲辩证和科学。因此说，李贽的历史观，有积极的一面，亦有欠缺之处。

（二十）

赵翼的史学观，与司马光很接近，经世致用的成分很大。他在《廿二史札记》中说："至古今风会之递变，政事之屡更，有关于治乱兴衰之故者，亦随所见附著之。自惟中岁归田，遭时承平，得优游林下。寝馈于文史以送老，书生之幸多矣。或以比顾亭林《日知录》，谓身虽不仕而其言有可用者，则吾岂敢。"这番明里讲不敢与顾炎武相比的话,"潜台词"却道出了其治史的真正目的。"一事无成两鬓霜,聊凭阅史遣年光。敢从棋谱论新局,略仿医经载古方。"这几句诗,也再清楚不过地说明,赵翼治史,是为经世治国服务的。

顾炎武活了69岁,王鸣盛活了76岁,钱大昕活了77岁。比较而言,赵翼活的岁数最长。顾炎武一生跨明清两朝,三十二卷《日知录》是其代表作之一。赵翼将自己与顾炎武比,很有意味。赵翼历经雍正、乾隆、嘉庆三朝,88岁的高寿,使他阅历丰厚,见识广博。《廿二史札记》,奠定了他在中国史学界的地位,也使他与王鸣盛、钱大昕一起,被推为清代史学"三杰"。

"曲思于细者必忘其大,锐精于近者必略其远",北齐人刘昼在《刘子·观量》中的这句话,对史家来讲,算一把戒尺。以史为业者众,而成大器者寡,因在其中,理亦在其中。

史学家,一旦选择了司马光、赵翼这样的道路,就不至于走入"繁琐考究"之类的误区,而往往能跳进史海寻史,跳出史海观史,在总结历史的经验教训方面,也往往会有所建树。

(二十一)

鲁迅先生说:"无论学文学的,学科学的,他应该先看一部关于历史的简明而可靠的书","历史上都写着中国的灵魂,指示着将来的命运"。

"简明而可靠的书",这个要求,看似不难,实则非易。"简明",要"删繁";"可靠",要"考实"。古往今来这么多史学家不懈努力、呕心沥血,为的也正是完成这些重任。

"简明",有三层意思:一是要在一定的篇幅中勾勒出历史的主要轮廓,琐碎的东西、支离的东西、表皮的东西,要"忽略"掉;二是要在一定的画卷上展示出最主要的线条,让其凸现出来,不能遗漏;三是脉络要清晰,要鲜亮,能入人耳目,入人脑子。

"可靠",是"沙中淘金",是"驱云拨雾"。在中国历史上,对"历史问题",疑团不少,不少"谜底"尚未揭开,对真假不辨的东西,对是非曲直不清的东西,对前因后果不连贯的东西,应慎之又慎,不可草率下结论,亦不可随意将其一方面的观点作为定论加以认定。史海浩瀚,史料如山,作为史学家,其职沉重,其责非轻。若能撰写出"简明而可靠的书",实在是功莫大焉。

（二十二）

钱穆先生在《中国史学专著》一书中，曾这样告诫人们："诸位总认为今天我们已超出了前人，我们既懂得科学方法，又有新思想，前人哪能及得我？这种只是自我陶醉。每一个时代，短短几十年、一百年，自会过去。难道我们这一时代便是登峰造极，再不有变吗？"钱穆先生这番话，与他在《国史大纲》开篇讲的一些观点很是一致，他说："所谓对其本国已往历史有一种温情与敬意者，至少不会对其本国已往历史抱一种偏激的虚无主义，亦至少不会感到现在我们是站在已往历史最高之顶点，而将我们当身种种罪恶与弱点，一切诿卸于古人。"

对"前人"，后人应当"正视"。所谓"正视"，就是要实事求是、客观公平、科学辩证地去看。若"前人"是"一"，那一定不能说成"零点九"或"一点一"，应该"不缩小"、"不放大"，"一"就是"一"。"一"的后面是"二"。"二"比"一"大，这是事实。"长江后浪推前浪"，"青出于蓝而胜于蓝"，社会总要进步。但是，"二"不能"停步不前"，"二"后还有"三"、"四"、"五"……无穷无尽的"还有"。这也提醒我们：古人、今人、后人，都在历史更替的"过程"中。

只有看清了这一点，才不会头脑发热，不会盲目乐观，不会成为"井底之蛙"，亦不会迷失自我。只有学会"正视"以往的人，才能看见自己正处于"前人"和"后人"之间，依然只是"过程"中的生命"浪花"。

我们活着的时候，是谁？是"今人"。我们死了，"后人"看我们，我们就变成了"古人"。我们今之不陶醉，不满足已有的一切，社会进步的车轮在闪过我们身边时，我们才能说：只有永远不断前进、变化的时代，没有永生不老的生命。

（二十三）

宋代史学家李焘，生于1115年，卒于1184年，所撰《续资治通鉴长编》一书，立于史学著作之林，颇受推崇。在编纂观点上，李焘赞成"宁失于繁，无失于略"。在具体贯彻中，李焘又持"年近则事详，远则略"的观点。细想一下，著史之难，难点之一在详略得当上。"过详"、"过略"，都要受批评，而"详到该详处，略到该略时"当然最好。道理讲起来容易，但具体到对历史人物、历史事件、历史过程的记述上，"详"、"略"二字实在是极为沉重，许多人跳不出"过详"、"过略"的泥沼。在两难选择中，李焘也算干脆，来了个"宁失于繁，无失于略"，连同"详近略远"，这实际上是对后人负责的态度。世间许多事，在时光飞逝、岁月流淌之后，过了几十年、几百年、几千年，后人想知个究竟，看个明白，"真相"去向不明成为大碍。若每一朝一代都能如实将当时的事情记下，后人不就方便了吗？

宋代史学家李焘的做法，是有眼光的，就是先将"厚重"的史料保留下来，留给子孙去"挑拣"，将"删繁"的任务交给子孙，给未来的"余地"不在于"增"，而在于"减"，宁先蒙受"过繁"的名声挨人批评，也不让后人"无从补起"。

（二十四）

李大钊先生《史学要论》中说："我们固然不迷信英雄、伟人、圣人、王者，说历史是他们造的，寻历史变动的原因于一二个人的生活经历，说他们的思想与事业有旋转乾坤的伟力；但我们亦要就一二人的言行经历，考察那时造成他们思想或事业的社会的背景。"这番话讲得极为辩证，一方面讲明创造历史的主体不是英雄、伟人、圣人、王者；另一方面也认为研究"个人"的言行经历亦存有价值的地方。值得注意的是，李大钊先生将"不迷信"的人分为四种：英雄、伟人、圣人、王者，这与"王侯将相"的分法，是有所不同的，应该说，李大钊的概括，范围较为宽泛。历史是人民大众创造的，他们平凡而朴实。他们是劳动和创造的主体，是人间正道的主体，也是支撑社会大厦的人德人品主体。英雄、伟人、圣人、王者，是茫茫人海中的"名人"，他们是某一时期社会生活浮现于史海的岛屿，通过他们，后人可以看见某一时期的一些特征和标志。然而，托起史海的，是水平面下广阔的海底陆地，是人民大众。这些，仅从表面是看不见的，人要往大海深处寻去，就会惊奇地看到，露出海面的岛屿是渺小的。正确地认识历史人物与人民大众的关系，是历史唯物主义原理的根本。

（二十五）

《汉书·高帝纪》载："高祖隐于芒、砀山泽间，吕后与人俱求，常得之。高祖怪，问之，吕后曰：'季所居上常有云气，故从往常得季。'高祖又喜。沛中子弟或闻之，多欲附者矣。"

这段刘邦成大业之前的记载，属"半真半假。""半真"，是刘邦、吕后二人演了出精彩的"双簧戏"，蒙骗了不少人；"半假"，因刘邦头顶上常有的一团云气，使人很容易找到。这是"制造"出来的故事。其实，历史记载中对某些帝王将相的不少"附会之说"，也都属于"半真半假"这一类，假事真传，以说明某人"来历不凡"、"不同寻常"，其人得到某种权位、地位、声望，也就顺理成章了。

史学著作由史料加集撰者的观点组成。史料中的"水分"大小，决定史学著作的质量高低。部分史料被岁月淹没已属可惜，留存下来的史料如果失真失实，更令人感到遗憾。刘邦头顶上的那团云气，连同刘邦斩白蛇，都是"附会之说"，是有目的地创作出来的"事实"。刘邦制胜之道，"拨乱世反之正，平定天下"，并不在于这些"附会之说"。读史，在后人，万万不可轻信这类"功利"性极强的所谓"史料"，应视之为史学著作中的"糟粕"，并努力去伪存真。

（二十六）

《史记》中对扁鹊的记载，是以"扁鹊得方"开始的："扁鹊者，勃海郡郑人也，姓秦氏，名越人。少时为人舍长。舍客长桑君过，扁鹊独奇之，常谨遇之。长桑君亦知扁鹊非常人也。出入十余年，乃呼扁鹊私坐，闲与语曰：'我有禁方，年老，欲传与公，公毋泄！'扁鹊曰：'敬诺。'乃出其怀中药予扁鹊：'饮是以上池之水，三十日当知物矣。'乃悉取其禁方书尽与扁鹊。忽然不见，殆非人也。扁鹊以其言饮药三十日，视见垣一方人。以此视病，尽见五脏症结，特以诊脉为名耳。"

读此段记述，令人想起了《史记》中"张良取履"的故事，张良从一个"老父"手中得到了"太公兵法"，后来也就成为"王师"。司马迁在"太史公曰"中也说："学者多言无鬼神，然言有物。至如留侯，所见老父予书，亦可怪矣。"

一个是良医扁鹊，一个是谋臣张良，两人"专业"不同，但都有一个经历：从"神人"手里得到了"秘方"、"秘法"。这种文字记载，在事实上有无水分，很值得掂量。他们的智慧不应也不会是"从天而降"，他们的"真才实学"都应是从学习、实践中积累和完成的。由此看，对史书上一些成就大业的人的"附会之说"，看且可看，读且可读，只是不一定要信。

卷七

- 如果说孔子、孟子的学说是讲人与人之间应建立的"社会秩序和交往规则",那么,老子学说则更贴近"自然",那就是人于自然规律中的体验和承接。

- 读《庄子·逍遥游》,觉得它是诸子百家中最漂亮华美的一篇文章,充满了浪漫主义气息。对庄子的评价,千百年来,人们是由"文"而去思人,觉着消沉,觉着怪异,也觉着深邃。庄子的心境,由于《庄子》中一些段落、词句的"晦涩难懂",在外人看来,只是一扇半开的门。人们可以说看见了什么,也可以说还有什么仍没看见。庄子留给后人的"字谜",大概比孔子、墨子、孟子、荀子、韩非子等人要多得多。

- 列子眼中的子阳,不是一个人,而是一类人。与这类人打交道是危险的,因"时"因"势"不同,可成高朋,亦可成阶下囚。

时距与心距

（一）

读《老子》，应识老子其人。《史记》对老子的记述简略，使人难忘的是孔子对老子的一段评论。孔子对弟子说："鸟，吾知其能飞；鱼，吾知其能游；兽，吾知其能走。走者可以为罔，游者可以为纶，飞者可以为赠。至于龙吾不能知，其乘风云而上天。吾今日见老子，其犹龙邪！"

老子生平记述简略，与其"隐君子"身世有关，其生平事迹"隐"去了多少，后人难以全面知晓。《史记》对老子记述虽是简短，但已算"比较详尽"了。《左传》、《礼记》、《吕氏春秋》、《庄子》、《列子》、《孔子家语》等书的部分章节，也有一些"零星"的记载。老子到底活了多大岁数，说法不一，一百六十岁，两百岁，还有更大的说法。"修道而养寿"，岁数越大，其越"老"，说明其"道"越深。

孔子称老子为"龙"，与"隐君子"的身份是相称的。《易》中有"天地闭，贤人隐"之说。作为图腾文化，"龙"的地位甚高，其"形"被充分想象，其"能"也被神化，早已不是一般的动物概念。将老子比喻为"龙"，一则寓意其思想深奥，二则潜言其为人神秘，三则暗指其学说与儒学之区别。

在中国数千年的尊儒氛围下，人们对老子学说的研读虽一直在延续，但对其精髓的挖掘、拓展、运用，客观上受到了局限，"预留空间"相当广阔。在历史上，对老子学说，认识上的偏差是存在的。如郭沫若曾下过这样的结论："孔、孟之徒是以民为本位的，墨子之徒是以帝王为本位的，老、庄子之徒是以个人为本位的。"从孔子对老子的评价，可以看出，对有"腾云驾雾"奇能的"龙"，人们不知不识不晓不懂的地方尚有多少，实在是个引人注目的问题。

老子所作《道德经》仅五千言，是其学说的"核心"。《史记》中有三百余字，算是为老子写的"传"。其中有"老子修道德，其学以自隐无名为务。居周久之，见周之衰，乃遂去。至关，关令尹喜曰：'子将隐矣，强为我著书。'于是老子乃著书上、下篇，言道德之意五千余字而去，莫知其所终。"按这个说法，《道德经》是老子的"退身之作"，也是给世间的"最后交代"。

老子受人之托，挥笔成篇，文中阐明了自己"小国寡民"的政治理想。这理想是："小国寡民。使有什佰之器而不用，使民重死而不远徙,虽有舟舆无所乘之,虽有甲兵,无所陈之。使民复结绳而用之。甘其食,美其服,安其民,乐其俗,邻国相望,鸡犬之声相闻,民至老死,不相往来。"提出如此理想浪漫而不切实际的目标,老子对现实世界是不是还抱有一种独特的期望?

这真是一个童话般的世界,一个相安无事且互不往来的世界,一个无欲无争、自我满足的世界。这个"理想的社会",基本特征是:

——国家疆域不大;

——国内人口不多;

——物质上不需太侈华,"虽有舟舆无所乘之";

——人们不为货利而到远方奔波;

——文化水平不高,"结绳记事"就行了;

——与邻国不往来,不征战,和平相处;

……

这个画面,颇为"虚幻",也似乎很"天真"。老子是仅仅作为一种追求的目标向往,还是真心相信这一目标终会实现,在身退居隐时分,其内心世界,一定充满了无限激情。复古思想,在某种程度上,本身就充满着矛盾:一方面知道"回不去",另一方面又不甘心;一方面知道社会变化是挡不住的，另一方面又对四周生活中新出现的问题充满了不安。与科幻的、飞天式的超前思想相比，复古思想似乎要得到的东西更少些，更简朴些，更容易在过去的生活中找到它的存在痕迹。在老子思想体系中，"复古"成分只占很少的比例。但"小国寡民"的概念给后世留下了极深的印记。在每一个时代，总有抱着某种"回到从前"期望的踌躇在路旁的孤独者。老子是怎样一位孤独者呢？

对老子，后人所知，可能不及他自知的一半。

（二）

《老子》中对客观世界的认识，别有一番境地：

"有'物'混成，先天地生……吾不知其名，字之曰'道'，强为之名曰'大'"；

"人法地，地法天，天法道，道法自然"；

"有无相生，难易相成，长短相形，高下相倾，音声相和，前后相随"；

"祸兮，福之所倚；福兮，祸之所伏"；

"反者道之动，弱者道之用"；

"以辅万物之自然，而不敢为"；

……

概括起来，老子是在讲事物的来去，讲事物的关联，讲事物的转化，讲事物的依存，讲事物的循环。

人来到世间，稍一懂事，首先要问的问题是：这是什么地方？这一切是怎么来的？还要向哪里去？如果说孔子、孟子的学说，是讲人与人之间应建立的"社会秩序和交往规则"，那么，老子的学说则更贴近"自然"，那就是人于自然规律中的体验和承接。老子对其思想的阐述，没有直接用"仁""义""礼""智""信"之类的字眼，但其思想的核心，是要让为政者明白"圣人无常心，以百姓之心为心"的道理。老子之"道"，实际上是万物所以生成、运行、衰亡、更替的规律，是真正的大智慧。有一种批评意见，认为老子忽视了人的主观作用，把外在的自然的"道"，变成主宰一切的功法和唯一的力量。"无为即有为"的引申结果，会让人变得消极和冷漠，失去积极创造、进取的热情。其实，社会法则与自然法则是互相融通的，人是自然人，又是社会人，双重法则和双重约束，决定了人的"有为"与"无为"，这是真正彻悟的认识基点。

（三）

《老子》讲："名与身孰亲？身与货孰多？得与亡孰病？

甚爱必大费，多藏必厚亡，故知足不辱，知止不殆，可以长久。"这里，看似是一道道"选择题"，要人们面对提问作出回答。实际上，世间所有的人，都不可能得出一致的答案。每个人的人生观、世界观、价值观不同，面对这些"选择题"的答案亦不同。老子的思想，含有积极和消极两重性。就这段话，其积极的层面，是提醒人们要处理好荣辱、得失、名实的关系，不要被"身外之物"所误，对过于追求权欲、钱欲、物欲、名欲的人，是一副"清醒剂"。从消极的层面，没有区别树立德义的正当和沽名钓誉的不同，劳动创造价值和贪婪财富的不同。当然，在当时，老子的这一思想，积极的作用是主要的。但完全排斥"身外之物"，变成逃避现实的隐士，对整个人类来说，未必是好事。人可以珍惜身外之物，但要珍爱有道。一旦人们获得"身外之物"的手法方式、过程纳入到一定的"道"（法制法规和公共道德标准）中，则社会就能稳定、发展、进步。对政治家而言，将社会公众的行为和利益，纳入一定的"道"中去运行和实现，是最最重要和明智的方略。

（四）

《淮南子》中讲："天下非无信士也，临货分财，必探筹而定分，以为有心者之于平，不若无心者也；天下非无廉士也，然而守重宝者，必关户而全封，以为有欲者之于廉，不若无欲者也。"

"探筹"者，抽签也，一种"纯自然"的公开公正游戏规则。人们在需要体现"人人都有可能"的时候，常用此物决定"得"与"失"、"多"与"少"、"大"与"小"。"无心"之"竹签"，"无欲"之门窗，与"有心"之人，"有欲"之人，这种对应的关系，提示人们：解决公平和廉洁问题，靠"自觉"是一方面，必要的体制保障、规章制度、防范措施也是不可缺少的。某种意义上讲，体制保障、规章制度和防范措施比"有心"、"有欲"之人更可靠。

需要指出的，对"有心"、"有欲"之人，教育还是不容忽视的。让有德、有义、守信、廉洁的人看护公众的利益，总比让无德、无义、不守信用、贪图钱财的人看护公众利益安全得多。好的体制、制度、措施，也是靠人来运行、实行的，人的因素依然是重要的。"有心"之人，关键在于用心要正；"有欲"之人，关键要公私分明。天下不是不需要"信士"，不是不需要"廉士"，而是要有体制、制度、措施的保障，大批"信士"、"廉士"，加上好的体制、制度、措施，社会信用秩序才能建立起来。

《庄子》中载：

庄子行于山中，见大木枝叶盛茂，伐木者止其旁而不取也。问其故，曰："无所可用。"庄子曰："此木以不材，得终其天年。"

庄子出于山，舍于故人之家。故人喜，命竖子杀雁而烹之。竖子请曰："其一能鸣，其一不能鸣，请奚杀？"主人曰："杀不能鸣者。"

明日，弟子问于庄子曰："昨日山中之木，不材得终其天年；今主人之雁，以不材死。先生将何处？"

庄子笑曰："周将处夫材与不材之间。材与不材之间，似之而非也，故未免乎累。若夫乘道德而浮游则不然。无誉无訾，一龙一蛇，与时俱化，而无肯专为；一上一下，以和为量，浮游乎万物之祖。物物而不物于物，则胡可得而累耶！此神农、黄帝之法则也。若夫万物之情，人伦之传，则不然。合则离，成则毁，廉则挫，尊则议，有为则亏，贤则谋，不肖则欺，胡可得而必乎哉！悲夫，弟子志之，其唯道德之乡乎！

这则故事，可谓"浅入深出"，由砍伐木头、杀家禽开始，引出话题，由庄子"点评"，猛听，似在云里雾里。"乘道德而浮游"，"无誉无訾"，这是什么境界？伐木砍掉了"材"，杀家禽选择了"不能鸣者"，本是常理。庄子认为最理想的，是"与时俱化"、"无肯专为"、"一上一下，以和为量"、"物物而不物于物"。自然界有自然界的规律与法则，人类社会有人类社会的规律与法则，在某一人，在某一物，"超然而存"，是不可能的。庄子的理想境界，猛看上去是脱离现实生活的"空中楼阁"。标以"神农、黄帝之法则"，未必真的如此。后人一直想弄清一个问题：庄子寻找的到底是什么样的"道"呢？茫茫大雾之中，人们看见了这个"道"的轮廓和身影了吗？

（五）

读《庄子·逍遥游》，觉得它是诸子百家中最漂亮华美的一篇充满了浪漫主义气息的文章。

> 北冥有鱼，其名为鲲。鲲之大，不知其几千里也；化而为鸟，其名为鹏。鹏之背，不知其几千里也；怒而飞，其翼若垂天之云。

这一开篇气势，何文可比？

庄子名周，战国中叶人。马叙伦在《庄子年表》中考证，他生于公元前369年，卒于公元前286年，活了83岁。《庄子》一书，首先是哲学著作，且是将思想"藏"得很深的哲学著作；其次，它是文学著作，且善用寓言表示作者"内在情感"。对庄子的评价，千百年来，人们是由"文"而去思人，觉着消沉，觉着怪异，也觉着深邃。庄子的心境，由于《庄子》中一些段落、词句的"晦涩难懂"，在外人看来，只是一扇半开的门。人们可以说看见了什么，也可以说还有什么仍没看见。庄子留给后人的"字谜"，大概比孔子、墨子、孟子、荀子、韩非子等人要多得多。

《庄子·逍遥游》中有两段话耐人寻味：

> 且夫水之积也不厚，则其负大舟也无力。覆杯水于坳堂之上，则芥为之舟，置杯焉则胶，水浅而舟大也。

> 小知不及大知，小年不及大年。奚以知其然也？朝菌不知晦朔，蟪蛄不知春秋，此小年也。楚之南有冥灵者，以五百岁为春，五百岁为秋；上古有大椿者，以八千岁为春，八千岁为秋。

这两段话，讲"深浅"，讲"大小"，可谓"字酌句斟"，哲学上的"思想含量"很大，是观察世界、世态、人生的一种"相对论"。庄子在这里想说什么？说出来了没有？如果他说出来了，别人听明白了没有？这都是问题。大自然也好，人世间也罢，许多的东西，"单看"是一个感觉，一个评价，"合看"又是另一个感觉，另一个评价。人比甲壳虫，是长寿者；人比松柏，又是短命者。不必要求世界之"整齐"，原本世界没有"整齐"的基础。一物之存，在于此物非彼物——这是不是庄子要告诉我们的？

（六）

孔子的学生，"受业身通者七十有七人"。然而，孔子最喜欢、最欣赏的学生是颜回。颜回是鲁国人，字子渊。《史记》说颜回"少孔子三十岁"。孔子赞扬颜回的话说了很多："贤哉回也！一箪食，一瓢饮，在陋巷，人不堪其忧，回也不改其乐。""用之则行，舍之则藏，唯我与尔有是夫！"颜回短寿，29岁而亡，孔子甚为伤心，"哭之恸"，说："自吾有回，门人益亲。""惜乎！吾见其进也，未见其止也。"

颜回深得老师欢心，还在于他的学习态度。《论语》中有"颜渊篇"，记述了孔子的一个思想核心，即"仁"的深刻内涵。

> 颜渊问仁。子曰："克己复礼为仁。一日克己复礼，天下归仁焉。为仁由己，而由人乎哉？"
> 颜渊曰："请问其目。"子曰："非礼勿视，非礼勿听，非礼勿言，非礼勿动。"
> 颜渊曰："回虽不解，请事斯语矣。"

在《论语》中，涉及颜回的地方有多处。如《论语·为政》中孔子说："吾与回言终日，不违，如愚。退而省其私，亦足以发。回也不愚。"如《论语·先进》中孔子说："回也其庶乎，屡空。赐不受命，而货殖焉，亿则屡中。"而在《论语·雍也》中孔子还说过："回也，其心三月不违仁，其余则日月至焉而已矣。"这番话是讲颜回可以达到至仁的境界。

孔子与颜回，师生俩的心应该说是比较近的。孔子喜欢颜回，欣赏颜回，除了颜回的忠厚、诚恳，更在于颜回的谦虚好学以及善于守拙。

（七）

《论语·微子》载：

> 长沮、桀溺耦而耕，孔子过之，使子路问津焉。长沮曰："夫执舆者为谁？"子路曰："为孔丘。"曰："是鲁孔丘与？"曰："是也。"曰："是知津矣。"问于桀溺。桀溺曰："子为谁？"曰："为仲由。"曰："是鲁孔丘之徒与？"对曰："然。"曰："滔滔者，天下皆是也，而谁以易之？且而与其从辟人之士也，岂若从辟世之士哉？"耰而不辍。子路行，以告。夫子怃然曰："鸟兽不可与同群，吾非斯人之徒与而谁与？天下有道，丘不与易也。"

这是春秋时两个"隐士"（长沮、桀溺）与孔子"间接交往"的场景。孔子的观点是一句话："鸟兽不可与同群，吾非斯人之徒与而谁与？"这里，与"危邦不入，乱邦不居。天下有道则见，无道则隐"观点是不是有所不同？

在中国历史上，"隐士"、"隐者"与为政者的关系向来故事颇多。人才隐居山野，天下又需栋梁，这使得许多佳话产生、流传。诸葛亮隐居山林，刘备"三顾茅庐"请其出山就是一例。孔子对"隐士"的评价，是"中性"的，甚至是偏于同情的。孔子的理念是："仁以为己任，任重而道远。"他周游列国，图求自己的治国安邦之才之志得以展现，这是孔子与"隐士"的最大区别。持"有道则见"观点的孔子没有隐居起来，说明孔子认为当时的诸国尚没有到"不可救药"的程度。

"隐士"得到的评价，可谓毁誉参半。若真是才智非凡、学识广博、品格高尚、洞察深邃之辈，见天下众生处水深火热之中，而身心俱隐，"眼不见心亦静"，恐是难以做到的。而范仲淹"处江湖之远，则忧其君"之言，表达的则是此类人内心世界的波澜。陶渊明也算个"隐士"，然而其内心世界并无宁日，醉中的解脱又非真正的解脱，李龏在《杜鹃》中写道："血滴成花不自归，衔悲犹泣在天涯，秋声更比春声苦，除却渊明劝得谁？"这最可看出陶渊明之心境。

对"隐士"持批评态度的人，认为这种"隐"的做法于世无补，于民无益。"良禽择木而栖"，"隐士"之动机，若在以"隐"为筹码向为政者要"价"，那就很是悲哀了。历史上的这类人，都曾"作秀"过一段时间，其"功利"的色彩实在是大过了常人。

如果"隐士"从始而终地"藏"起来，那也就无人知晓了。而"隐士"一旦被社会所知，实际上影响反而扩大出去了。在封建时代，"隐士"的影响，是多种因素造就的：一是"隐士"自己制造的，如"欲出故隐"；二是外界舆论形成的；三是由为政者利用"隐士"的进出造势形成的。韩愈"明天子在上，可以出而仕"，就是为政者"仁政得人"的注脚。有一种说法，称身隐者为"隐士"，心隐者为"贤士"。《宋书》中有"身隐故称隐者，道隐故曰贤人。"这就为隐士开辟了更大的活动空间。

孔子对"隐士"，心理上还是有矛盾的。为官，孔子并非得志；为学，孔子虽然到处宣扬着自己的主张，当时也并不被广为接受。孔子的作为，既非隐身，亦非隐道；既非隐士，亦非贤人。孔子讲了"无道则隐"，态度亦鲜明，但自己并不是实践者。而一些看似明理的"隐士"，如长沮、桀溺二人，对孔子周游之举，说三道四，令孔子大感失望。他们并不理解孔子，这也使得孔子对"隐士"们产生了一定的看法。

韩愈在《送李愿归盘谷序》中曾借李愿之口描述了"隐者"的"悠然之态"："穷居而野处，升高而望远，坐茂树以终日，濯清泉以自洁。采于山，美可茹；钓于水，鲜可食。起居无时，惟适之安。与其有誉于前，孰若无毁于其后；与其有乐于身，孰若无忧于其心。车服不维，刀锯不加，理乱不知,黜陟不闻。"封建时代的各类"隐士"中,不少人在"隐"与"不隐"之间心理上是矛盾的。选择了山水之路的人,自然要有耐得住寂寞的某种逃避现实的道行。韩愈文中李愿的一番表白,透出的是一种什么样的心态,后人完全可以看得出来。对封建时代的"隐士风范",要有一个客观的分析和评价。对他们的选择,既要看到其无奈的一面,又要看到其消极的一面。作为有识有志有为之人,"匡世济民"是天经地义。而逃避现实,蛰居一隅,顾全了个人名节,忘却了百姓困苦,其意义在何?此种"酷爱山水"的行为反映出的是私心还是公心?

(八)

《列子》中讲了这么一个故事:

> 子列子穷,容貌有饥色。客有言之郑子阳者,曰:"列御寇,盖有道之士也。居君之国而穷,君无乃为不好士乎?"郑子阳即令官遗之粟。子列子出,见使者,再拜而辞。使者去。
>
> 子列子入,其妻望之而拊心曰:"妾闻为有道者之妻子,皆使佚乐,今有饥色。君过而遗先生食,先生

不受，岂不命也哉？"子列子笑谓之曰："君非自知我也，以人之言而遗我粟，至其罪我也，又且以人之言，此吾所以不受也。"其卒，民果作难而杀子阳。

列子的妻子的困惑，是可以理解的。列子拒绝郑国权臣子阳的粟米，也并不出人意料。真正出彩的，是列子的精辟见解：不是不可以要这粟米，是因为不能与这样的人打交道：赠予恩惠，是"以人之言"；惩治刑罚，亦是"以人之言"。

古今中外，为官之人，最要紧的，是从内心深处明辨是非，在大是大非问题上要有主心骨，只有这样，才能在众说纷纭中保持清醒头脑，作出正确选择和决断。"兼听则明"是要有基础的，只有心灵源头清澈的人，才能在听到这样那样"说法"的时候，甚至观点针锋相对的时候，择善而从，不迷失方向，不被妄言所误导。

列子眼中的子阳，不是一个人，而是一类人。与这类人打交道是危险的，因"时"因"势"不同，可成高朋，亦可成阶下囚。

（九）

《列子》中讲了一则玉石雕楮叶的故事。

> 宋人有为其君以玉为楮叶者，三年而成。锋杀茎柯，毫芒繁泽，乱之楮叶中，而不可别也。此人遂以巧食宋国。子列子闻之曰："使天下之生物，三年而成一叶，则物之有叶者寡矣，故圣人恃道化而不恃智巧。"

楮树，又称构树，系落叶乔木，叶呈椭圆形。宋国有个人善玉雕，三年用玉雕成了一片楮叶，成为食衣不愁的人。列子对这件事却不看好，他认为"三年而成一叶，则物之有叶者寡矣"，不值得赞赏和提倡。在生产力水平很不发达的战国时期，人们衣食紧缺，列子反对这种耗损人力物力的"精雕细刻"，不是没有道理。引申开去，世间还有一些貌似贵重的东西，耗费大量人力、物力、财力而换取，究竟对社会能产生多少益处，细想清楚之后，人们也会惊悔三分。当然，随着社会生产力水平的提高，人们的生活质量也会变化，除了解决基本的衣食之忧，必要的物质享受、文化享受，也是现代生活概念的应有之义。但列子倡导的关注人类根本利益、轻浮华而重实效的思想，是永不过时的。

（十）

王充的《论衡》，80余篇文章，写作历时30年，功夫非浅。

作者自认为此书是"铨轻重之言，立真伪之平"。这本书也得到了"释物类同异，正时俗嫌疑"的评价。读此书，给人印象最深的，是王充在《问孔》、《本性》、《率性》、《自然》、《薄葬》、《案书》、《物势》、《非韩》、《对作》等篇目中，对孔子、孟子、荀子、墨子、公孙龙、韩非等人的观点进行或多或少或重或轻的批评，先秦诸子，几乎没有幸免者。《后汉书》载："充好论说，始若诡异，终有理实。"

作为东汉思想家，王充有条件"冷眼再看"先秦诸子的种种学说。在王充看来，诸子学说各有缺陷、错误、片面性，都不可神化、固化。这种敢于打破迷信的探索精神是可贵的。"真金不怕火炼"，反过来说，"怕火炼的非真金"。在历史上，凡是人类先进的科学的深邃的思想观点和理论体系，都能经得住历史的检验，也经得起后人的再推敲。王充的探索精神，并不是说王充对别人的批评句句中肯、得当、准确，而是说王充试图燃起"炼金之火"，客观上起了促进人类思想进步和解放的作用。实际上，王充的"思想利剑"，也造成一些"误伤"，也挥向了一些不该刺杀的地方。

韩愈在《后汉之贤赞三首》中称："王充者何？会稽上虞，本自元城，爰来徙居。师事班彪，家贫无书。阅书于肆，市肆是游，一见诵忆，遂通众流，闭门潜思，《论衡》

以修。"

中华民族的传统文化瑰宝,是各种思想精华(学术思想、哲学思想、文学思想、科学思想等等)的集合。春秋战国时期,诸子百家,对此都有贡献。在秦汉以后,至唐宋,至明清,至今日,这种传统文化瑰宝,还在逐日增加、增辉之中。王充这些人的作用,与其说是有些"挑剔"、有些"骄狂",不如说是给后人比较和鉴别各种学说的思想脉络提供了一面镜子。如其在《本性》中既批判了孟子的"性善论",又批评了荀子的"性恶说",这种"两面不讨好"的学术态度,亮一亮也不妨碍什么。再例如《非韩》一文中对韩非子的"明法尚功"观点的批判,指出"韩子之术不养德"、"知韩子必有无德之患"、"推治身以况治国,治国之道当任德也"、"天地不为乱岁去春,人君不以衰民屏德",从另一个视角,提出了忽视德治的危害和重视德治之重要。

人类思想的进化和发展,纵向有继承,继承中有发扬和舍弃;横向有交流,交流中有融合和撞击。王充的《论衡》一书,其价值尚未完全被人们所认识,它提供给后人的思想方法的影响力,远远大于书中具体地反对什么、赞成什么的范畴。读《论衡》,掩卷闭目而思,可能更清楚作者所言为何意,书中所写为何文。

（十一）

孟子说："无恒产而有恒心者，惟士为能；若民则无恒产，因无恒心。""恒产"思想，是"安民"的要领之一。"恒产"者，在古代，主要指土地，应该也包括房屋。

治国之要领，在善于安民、富民、乐民。古代讲的"仁政"、"德政"，本意应是施惠于民，解百姓衣食之忧，除百姓生活之苦。"恒产"思想，是说百姓拥有属于自己家庭的固定财产，就会长久经营和管护，就会安居乐业。这里，与孔子"民不患贫而患不均，不患寡而患不安"思想，应该是有连贯性的。有"恒产"会有"恒心"，如果"恒产"只在少数人手中，多数人没有"恒产"，则社会也不会安定。结合孔孟二人这两方面的阐述，还可以作出这样的推论：不患富，而患不共富。

古往今来，人民大众都希望过上红红火火的好日子。《尚书·周书》中曾将五福归纳为"寿"、"富"、"康宁"、"攸好德"、"考终命"，并将厄运概括为"凶短折"、"疾"、"忧"、"贫"、"恶"、"弱"。孔子对百姓富足问题也看得很重。这就是说，在儒家的学说中，只看见"安贫乐道"这一层，是很不够的。儒家学说的关键，是要人们在讲仁义礼信的基础上，在一定的社会秩序中，让百姓安居乐业，富足而有教养。

"均贫"这种情形，并不是孔子所期望的。《论语》中孔子虽然多次讲君子安贫，但这是从气节风骨角度讲的，并不是希望天下老百姓均要衣不遮体，食不果腹。在人类发展史上，大家都过上好日子，一直是人们不懈追求的梦想。"小康"、"大康"之说，便是例证。若天下人均有"恒产"，均有经营生活的"恒心"，均走上富足的"正路"，社会岂有不安定、祥和、繁荣、发展之理。在生产力水平较低、物质条件较差的年月里，讲"均贫"可以理解，但"均贫"是可怕的，不可取的，"安贫乐道"对大多数人来说亦不现实，而"均富"，才会使社会拥有"减震装置"，使天下百姓安居乐业。

（十二）

"法治"与"德治"是"严宽相济"的两手。

孔子说："为政以德，譬如北辰，居其所而众星拱之。""道之以政，齐之以刑，民免而无耻；道之以德，齐之以礼，有耻且格。"这段论述，引出了"德主刑辅"、"明德慎罚"的思想。

法家的观点则有所不同，可说是"刑主德辅"，以法为准绳来约束人们的社会行为。《韩非子》中就这样说："夫圣人之治国，不恃人之为吾善也，而用其不得为非也。恃人之为吾善也，境内不什数；用人不得为非，一国可使齐。为治者用众而舍寡，故不务德而务法。"

实际上，诸子百家在对治国之要的认识上，虽然各自有独到的见解，但异中有同，同中有异，相互间有冲突和矛盾，亦有共鸣和通融。在有的时候，甚至只是侧重点的不同。

"法"与"德"，一个是"外在约束"，一个是"内在修炼"，二者不可偏废。若内讲德化，外强法典，相辅相成，岂有不治之世之国？这里，讲谁主谁辅，大概也不算周全。很可能，均衡用力是"最佳状态"。而任何一方面欠缺了，都应强化和补进。"严宽相济"、"刚柔相间"，说的正是此理。

（十三）

《管子·禁藏》中说："禁藏于胸胁之内，而祸避于万里之外。能以此制彼者，唯能以己知者也。夫冬日之不滥，非爱冰也；夏日之不炀，非爱火也，为不适于身便于体也。"

这番话，讲的是"内"与"外"的关系。举"冰水"与"炉火"的例子，可以更清楚地看到这其中的道理。冬日人不喝冰水，并不是爱惜冰，是因为人喝了冰水要出毛病；夏天人不去烤火，并不是人爱惜火，而是这火烤不得，烤了人要有麻烦。身外之物，也许不是不需珍惜的东西，但如果于身不宜不利，得之何益？"冰水"如此，"炉火"亦如此；功名如此，钱财亦如此。

"居民于其所乐，事之于其所利，赏之于其所善，罚之于其所恶，信之于其所余财，功之于其所无诛。"这个结论建立在"内"与"外"关系基础之上，是说顺其所需所望所愿所求，则能实现民乐、民安、民富。

（十四）

《论语》载："子曰：'可与言而不与之言，失人；不可与言而与之言，失言。知者不失人，亦不失言。'"

这真是个大问题，也是一个难以把握"分寸"的问题。"病从口入，祸从口出"，当讲不讲不行，不当讲讲了也不行，"知者"可以做到"得体"，可以既不"失人"又不"失言"。孔子给后人出了一道难题。

正常人总是要讲话的，除了生活中的"起居用语"、"家长里短"，剩下的都具有"社会政治"性质，涉及他人的得失利害，涉及他人的喜怒哀乐，这就有个"跟什么人说话"、"什么时候说话"、"怎么说话"、"说什么话"的"变数"。

"祸从口出"，古今中外例子甚多。国家之间，民族之间，同一国家、民族的不同人之间，由于"说话不当"、"话不投机"引发事端甚至流血冲突的故事，讲不完，写不尽。讲话的艺术，小到家庭内部，大到国际往来，其要旨还真要探究和总结。

孔子提醒人们的，似乎仅是一种个人处世哲学。实际上，就整个人类而言，用什么样的说话方式来表达意愿只是语言艺术的一个方面，而做到彼此爱护信任、真诚相处相待，更应该作为一种共同的理想追求。有了彼此互爱互信、真诚相处相待的基础，许多事情，包括语言表达的"分寸"问题都好办了。

（十五）

鲁国人墨子曾"学儒家之业，受孔子之术"，而后来之所以摆脱了儒家学说的轨道，另辟新门，是"以为其礼烦扰而不说，厚葬靡财而贫民，服伤生而害事"。墨家学说以"为万民兴利除害"为宗旨，以"利人乎即为，不利人乎即止"、"兼相爱，交相利"贯穿其中，成为中华民族文化灵魂的重要组成部分。

墨子对其基本观点的阐述，凝结着一种伟大理想："天之所欲则为之，天所不欲则止。然而天何欲何恶者也？天必欲人之相爱相利，而不欲人之相恶相贼也。奚以知天之欲人之相爱相利，而不欲人之相恶相贼也？以其兼而爱之、兼而利之也。奚以知天兼而爱之、兼而利之也？以其兼而有之、兼而食之也。""故曰：爱人利人者，天必福之；恶人贼人者，天必祸之。""爱人利人以得福者，有矣！恶人贼人以得祸者，亦有矣！"

墨子说的"天"，泛指一种天道，一种在个人的言行之外能决定"为"与"止"的客观力量。这样的"天"，对"恶"是一种遏制，对"贼"是一种杀气。"天"愿人间相爱相利，不愿人间相恶相贼，"天"岂不大哉？

（十六）

"童子问日"出自《列子·汤问》："孔子东游，见两小儿辩斗。问其故。一儿曰：'我以日始出时去人近，而日中时远也。'一儿以日初出远，而日中时近也。一儿曰：'日初出大如车盖，及日中，则如盘盂，此不为远者小而近者大乎？'一儿曰：'日出沧沧凉凉，及其日中如探汤，此不为近者热而远者凉乎？'孔子不能决也。两小儿笑曰：'孰为汝多知乎？'"

或许，历史上真有"童子问日"其事，或许只是一个

"传说"。此非"幼稚"问题，看浅也非浅。

　　由"童子问日"的故事，联想到人们对历史事件远近不同的感受，颇有意味。有的时候，眼前发生的事情，清晰硕大。而过去了的事情，明明惊天动地，变成了文字记载，或许只是冷静无比的几句话，似乎显得"微小"了。"远小而近大"，人们视觉上的直观效果，竟也常现于对历史事物的认识上。离一景物越近，看得越清，视觉上越是大，而过了些年代，后人再看，同一景物，就变"小"了。"好了伤疤忘了痛"，是一种可能；"一叶障目"，也是一种可能。历史事物本身大小轻重，不应由人们一时的视觉来决定。只是时空上的相对差异，往往又使人们摆脱不了错觉的纠缠。每一个人，每一代人，也只能是站在某一事物的一定距离上进行观察，这样，免不了受这一定距离的影响，"大"与"小"的衡量也就会囿于其间了。其实，在历史的长河中，任何事物都有其"质量"和"形态"上的"定性"，该多大多重，都有其客观的结论。人若是彻底的唯物主义者，就千万不要钟情于轻信时人眼中的"大"与"小"，时人心中的"重"与"轻"，要懂得："距离"远近造成的"视差"，最终会得以纠正。

卷八

- 看世间的伟人,须看"大处"。有时这"大处"在"当时",有时这"大处"在"身后";有时这"大处"可在他自己身上找寻到,有时这"大处"需要从他人甚至是他的敌人身上找寻。

- 世间许多事物,都有一定的盛衰轨迹,繁华时分到败落季节的弯处,常能给人猛然的提醒。

- 文学家和诗人所以能在字里行间激情荡漾,在创作手法上转折跌宕,从根本上说,是人间变幻不止、繁杂纷纭的现实生活所决定的。

- 文化人"写他人"与"写自己",是要别人"猜"的。但二者之间,许多的不同,却是极明显的。情真意切的东西,往往见于"写自己",藏得愈深,见之愈著,这也算是一种"情感辩证法"吧!

诗文与诗魂

（一）

周邦彦的《西河·金陵怀古》，是从历史的"纵向"找感觉的佳作，与王安石的《桂枝香·金陵怀古》有可比之处。比见其"同"，也见其"异"。在词之背后，两人心距亦不小。

先看王安石的《桂枝香·金陵怀古》："登临送目，正故国晚秋，天气初肃。千里澄江似练，翠峰如簇。征帆去棹斜阳里，背西风，酒旗斜矗。彩舟云淡，星河鹭起，画图难足。念往昔，繁华竞逐。叹门外楼头，悲恨相续。千古凭高对此，漫嗟荣辱。六朝旧事随流水，但寒烟衰草凝绿。至今商女，时时犹唱，后庭遗曲。"

再看周邦彦的《西河·金陵怀古》："佳丽地，南朝盛事谁记？山围故国，绕清江，髻鬟对起。怒涛寂寞打孤城，风樯遥度天际。断崖树，犹倒倚，莫愁艇子曾系？空余旧迹，郁苍苍，雾沉半垒。夜深月过女墙来，伤心东望淮水。酒旗戏鼓甚处市？想依稀，王谢邻里。燕子不知何世，向寻常，巷陌人家，相对如说兴亡，斜阳里。"

王安石生于1021年，卒于1086年；周邦彦生于1056年，卒于1121年。王安石，字介甫，号"半山"；周邦彦，字美成，号"清真居士"。王安石主要职业是政治家，周邦彦主要职业是词人。

应该说，就写词的总体造诣而论，王安石与周邦彦相比，要逊一筹。当然，王安石是散文大家，其散文大家的地位又是周邦彦无法企及的。

就《西风·金陵怀古》与《桂枝香·金陵怀古》两首词而言，我认为，是难分上下的。单说词中营造出的氛围，王安石和周邦彦都有些许悲伤，也有些许哀叹，但王安石更多的是伤时，周邦彦更多的是伤情。这是政治家的职业与文学家的职业不同所促成的。王安石二度罢相，居金陵而抒发内心的感受，这也是其词别于周邦彦所作的根因。

两首词都讲了"今"与"昔"。王安石讲今及古，由古及今，将眼中景与心中情融合成一幅画卷，足显激愤气息之厚重。周邦彦也感叹兴亡盛衰，凸现的是有情人面对无情史之无奈与悲凉。

"六朝旧事随流水"与"空余旧迹郁苍苍"，都表达了词作者对繁华往昔流逝的不可回转规律的认同。想"旧事"与怀"旧迹",其义甚近。王安石词尾"至今商女,时时犹唱,后庭遗曲",寓意颇深。而周邦彦词尾"想依稀,王谢邻里。燕子不知何世,向寻常,巷陌人家,相对如说兴亡,斜阳里","远"与"近"的比较,给人的联想留下了巨大的空间。两位词作者,在同异之间,都有自己词思诗意的定位。

(二)

李贽《续焚书·论交难》中写道:"盖交难则离亦难,交易则离亦易。何也?以天下尽市道之交也。夫既为市矣,而曷可以交目之,曷可以易离病之,则其交也不过交易之交耳,交通之交耳。是故以利交易者,利尽则疏;以势交通者,势去则反,朝摩肩而暮掉臂,固矣。""夫唯君子超然势利之外以求同志之劝,而后交始难耳,况学圣人之学而深乐夫得朋之益者,则其可交必如孔子而后可使七十子之服从也。何也?七十子所欲之物,唯孔子有之,他人无有也;孔子所可欲之物,唯七十子欲之,他人不欲也。"

这段论述,堪称精道。孔子与七十弟子之交,是心灵深处融通的结果。这种交,来得不易,去之颇难。与此相反,"以利交易者,利尽则疏","以势交通者,势去则反",交得快,散得亦快。人一生中可能认识不少人,亦有不少朋友,但知己之交，超脱势利之交，往往少得可怜。李贽看到了这一点，且认知了"同志"这个"难交"又"难离"的基础。李贽心灵深处的孤独，远比他表面生活上的孤独厉害。家道中落，生活窘迫，为官抗上，仕途不顺，为文多争，非议四起，这一切，都使李贽对朋友之交的认识深化了许多。

"谁知一叶两三叶，反胜三千与大千。"李贽《续焚书·盆荷》中这两句写得精巧极致。品味几番，又觉这两句要读懂了，还必须细看全文。欲了解李贽的品格，不读此文不行："四山寂寂雨绵绵，一盆之水芰荷鲜。终日走盘疑可弄，有时倾盖喜相怜。飘萧一似忘怀者，高洁真同不语禅。不用焚香烦首座，何须品色到西天。杨家有藕甜如蜜，精舍移根溉以泉。精舍弥天一月雨，杨家藕田空云烟。谁知一叶两三叶，反胜三千与大千。无心出水真如画，有意凭栏笑欲然。妙处形容难得似，暗中摸索自相缠。初日徐看谢灵运，清水仍逢李谪仙。杞菊新酣全未醒，茨菰相伴已多年。菡萏何时呈素面，芙蓉正看未花前。世间喜好君知否？不是繁华不着鞭。陶潜非是爱莲客，慧远虚抛买酒钱。曾似卓吾精舍里，一盂之水亦清涟，将诗寄与万人传。"

一盆荷花，引来李贽千缕思绪，万般感受。他是在咏荷，也是在孤独地自赏。黄仁宇先生曾写道："李贽的悲观不仅属于个人，也属于他所生活的时代。传统的政治已经凝固，类似宗教改革或者文艺复兴的新生命无法在这样的环境中孕育。社会环境把个人理智上的自由压缩在极小的限度之内，人的廉洁和诚信，也只能长为灌木，不能形成丛林。"这样分析李贽，联想到李贽的《盆荷》一文，觉得入木三分。在那漫长黑暗的封建时代里，"一叶两三叶"，即是煞是好看耐观，总也不是真正的春天。只有等"三千与大千"红绿一片，才能说换了人间。

（三）

张九龄的诗清淡而高雅，流畅而隽永。其《感遇》中的第七首，读来滋味颇长："江南有丹桔，经冬犹绿林。岂伊地气暖，自有岁寒心。可以荐嘉客，奈何阻重深？运命惟所遇，循环不可寻。徒言树桃李，此木岂无阴？"

感遇诗体，系魏晋诗人阮籍初创。唐初陈子昂有数十首留后人，最耐读的句子如"迟迟白日晚，袅袅秋风生。岁华尽摇落，芳意竟何成"，如"圣人不利己，忧济在元元。黄屋非尧意，瑶台安可论"，等等。遇从时来，感自心发，人生遭受坎坷，宦海逢浪沉浮，感遇至深，诗文也铸就了不朽。

张九龄曾受重用，被称贤相，也曾遭李林甫排挤，贬至荆州，67个春秋的一生，结局堪称悲凉。然而，正是这起伏不平的旅途，才激发了诗人的忧愤之情，凝成了"岁寒心"。人世间的荣辱，时来时去，转换不停，而诗人的内心世界，却有一种恒温，似丹桔"经冬犹绿林"。托物言志，这种精神境界，岂是一时荣辱所能影响和左右的？正如张九龄在另一首感遇诗中所言："草木有本心，何求美人折。"

（四）

全唐诗中，有王驾的诗六首，其《雨晴》写得绝佳："雨前初见花间蕊，雨后兼无叶里花。蛱蝶飞来过墙去，却疑春色在邻家。"一场春雨，庭园景致徒然一变，飞蝶的去向也跟着转动，真实的"自己"似乎不见了踪影。在许多人，遇到了坎坷和磨难，身触的世态炎凉，常会给人一种莫大的失落：是自己变了还是人们眼中的自己变了？

其实，逆境中的自己最应当寻找的，是清醒而原本的自己。找不到自己的人，内心世界是很痛苦的。这种痛苦，比外在的得失可能更大。别人看自己是一种眼光，自己看自己又是一种眼光。外来的视线，可能会由种种原因作用而移动变化。但自己看自己的视线，却万不可迷失方位。"人贵有自知之明"，说的有两层意思：一是人不可过高地估量自己，不可在外面的热风吹拂下头昏脑胀；二是人不可忘掉自己来到这个世界的使命，不可将自己的人生价值的衡定，与世态炎凉变动结成同一个幅度，不可失去自己追求真善美的理想和抱负。

读王驾的《雨晴》，品味再三，心里觉着平添了一片晴空。

（五）

王安石《梅花》诗，共20个字，其言见情，其言如志："墙角数枝梅，凌寒独自开。遥知不是雪，为有暗香来。"作为北宋政治家，王安石在变法中得志又失意，有为又无为，两次拜相，两次罢相，最后退居江宁。65个春秋的生涯，王安石著述甚多。留给后人去读去想的千言万语中，《梅花》只是一个小小的"边角"。然而，就是这20个字，可以品味到王安石人生的风骨与意气。

梅不同柳。柳在冬日凋零，而在春日摇曳；梅在春日平淡，而在冬日怒放。王安石的政敌司马光恰有一首《客中初夏》，放在一起品读，甚觉有味："四月清和雨乍晴，南山当户转分明。更无柳絮因风起，惟有葵花向日倾。"王安石与司马光，一个评梅，一个说柳，似乎都有所指，都有"话外之音",但又都没有点透。一个讲"凌寒独自开",一个讲"惟有葵花向日倾"。这种诗的"巧遇",如同两个人在政坛上的"巧遇"一样,让人直叹人间的路既宽又窄。言此意彼,各表心志。这路,何处当宽,又何处当窄呢?

王安石与司马光之间,有着一段很不一般的际遇。司马光比王安石早生两年,又比王安石晚死两年。王安石的一生,与司马光的一生,都有自己的"亮点"。王安石的"亮点"是变法,司马光的"亮点"是撰写《资治通鉴》。这都书写了他们各自的辉煌人生。两个人,"叠合"在一起看,是真实的;"拆开"来看,也是真实的。然而更真实的,是"叠合"加上"拆开"来看,我们才知道:看世间的伟人,须看"大处"。有时这"大处"在"当时",有时这"大处"在"身后";有时这"大处"可在他自己身上找寻到,有时这"大处"需要从他人甚至是他的敌人身上找寻。

清代思想家、史学家魏源曾言:"天下大事,或利于千万世者,不必利于一时;或利于千万人者,不必利于一夫;或利于千万事者,不必利于一二端;故非任事之难,而排庸俗众议之难。"真真切切地说,王安石要办的,是"天下大事",他要承受的,确"非任事之难",而是"排庸俗众议之难"。

(六)

李商隐有首《北青萝》，写得很有悟道的内质："残阳西入崦，茅屋访孤僧。落叶人何在，寒云路几层。独敲初夜磬，闲倚一枝藤。世界微尘里，吾宁爱与憎。"

李商隐的一生，仅有45个春秋，从25岁中进士，到公元858年辞世，几乎一直过着苦闷、失意、贫寒的生活。他对世间黑暗的东西、丑恶的东西、不公正的东西，充满着愤恨。他的愤恨，是他自己的，也是广大人民的。如在《梦泽》中他写到的"梦泽悲风动白茅，楚王葬尽满城娇。未知歌舞能多少，虚减宫厨为细腰"，讽刺所指，一目了然。

古今中外，有这样一个现象：大凡是对黑暗的东西、丑恶的东西、不公正的东西充满着愤恨的文化人，对世间光明的东西、美好的东西、正义的东西，一定也充满着向往。李商隐就是这类文化人中的一位。他在《东南》一诗中写有"东南一望日中乌，欲逐羲和去得无？且向秦楼棠树下，每朝先觅照罗敷"。诗人心中对光明的渴望跃然纸上。

回到对《北青萝》这首诗的分析，人们会问：傍晚时分寻访孤僧，作者访到了什么？"世界微尘里，吾宁爱与憎。"这诗句中深层的内涵，虽表露得很模糊，但也依稀可见。作者与孤僧,共鸣在何处?于人生还是于时世?诗中没写出来,又像写出来了。大千世界全在"微尘"的感悟,这或许是此诗的魅力所在。

(七)

王昌龄长于七言绝句,其诗有"神品"之称。《闺怨》是"神品"中的一首。"闺中少妇不知愁,春日凝妆上翠楼。忽见陌头杨柳色,悔教夫婿觅封侯。"这首绝句,诗眼是"悔教夫婿觅封侯"。一个少妇看见大自然景物变化,悟出了人生短暂,人不应把功名利禄看得过重的道理。"悔"字,反映的正是少妇的思想变化。

其实,人世间的许多事,在"后悔"的时候,往往都已经过晚。忽视平平常常但又珍贵无比的亲情、友情、爱情,被功名利禄挡住双眼,从而做出令自己清醒时后悔的事,事例不少。王昌龄笔下少妇之悟,能警醒更多的人。

《鹤林玉露》卷十八有诗云:"尽日寻春不见春,芒鞋踏破陇头云;归来拈把梅花嗅,春在枝头已十分。"这几句话,讲的是一种社会现象:古今中外,不少人不远千里万里孜孜以求的东西,其实就在身边。"舍近求远"的"顽症"由来已久,"患者"未曾绝迹,说明人最不易认识的往往是离自己最近的事物，甚至可能就是人自己。人间美好的东西，往往就在眼前。老子提醒过众人："其出弥远，其知愈少。"

"有得必有失"，社会要发展和进步，人类必须劳动创造，必须有进取精神，这样做，为的是让生活更美好。"得"，是人类拥有应该拥有的；"失"，是人类放弃应该放弃的。但是，如果拥有的东西从价值内涵上大大低于放弃的东西，且放弃的东西本是不应放弃的，那就是得不偿失。生命的价值中，看得见的东西大大少于看不见的东西。对生命的价值，很可能，古今中外人们已经认知的地方，只是全部世界的一角。人为什么活着，活着的意义在哪里，不同的人，一直有着不同的实践和体会。王昌龄笔下的少妇，代表的是一类人，他们曾梦想得到某种东西，后来发现有比这更重要的然而曾被忽视了。人有时有贵远贱近的毛病，有时也有贵轻贱重的失误。

（八）

薛涛有首《送友人》，写得绝佳："水国蒹葭夜有霜，月寒山色共苍苍。谁言千里自今夕？离梦杳如关塞长。"读此诗，立刻会想到王勃的《送杜少府之任蜀州》，联思起"海内存知己，天涯若比邻。无为在歧路，儿女共沾巾"的名句。两首诗出自不同诗人之手，两位诗人相隔一百多年（王勃生于公元649年，卒于公元676年；薛涛生于公元768年，卒于公元831年），送别对象不同，但就其艺术感染力和所表达的绵绵深情，有异曲同工之妙。

薛涛是位才女，写别离之情更显含蓄细腻。"水国蒹葭夜有霜"，描绘出了清冷秋夜的萧瑟景象，使人联想到"蒹葭苍苍，白露为霜，所谓伊人，在水一方"（《诗·秦风·蒹葭》）的意境。"谁言千里自今夕"，以反诘句式透出浓烈的惜别之情，无奈中表达出一种不甘如此的意志。没有人间的悲欢离合、阴晴圆缺，也就不会有文学艺术的殿堂与诗作的地位。文学家和诗人所以能在字里行间激情荡漾，在创作手法上转折跌宕，从根本上说，是由人间变幻不止、繁杂纷纭的现实生活所决定的。文学家和诗人也有普通人的七情六欲，他们与普通人不同之处，是不仅感受生活，还能观察、记录、描绘和思考生活。

（九）

张籍的《秋思》写得委婉真挚，多少也有些伤感："洛阳城里见秋风，欲作家书意万重。复恐匆匆说不尽，行人临发又开封。"

在交通、通讯条件十分不便的古代，官场的"秋思"和做官人写给家人的"书信"，隐含的意境特别幽深。

秋天，天气由热转凉，万木由盛转衰，树叶草叶由绿变黄。秋日之思，与大自然的变化转折紧密相关。封建时代官场的得意与失意，如四季更替，难有定势。晋人张翰曾在洛阳为官，秋风起时忽念家乡饭菜滋味，立刻挂印而去，他的观点是："人生贵得适意尔，何能寄宦数千里以要名爵乎。"张籍的《秋思》，第一句"洛阳城里见秋风"，暗合了晋人张翰的"思乡挂印"故事，洞悉世事之意尽在其中。"复恐匆匆说不尽，行人临发又开封"，千里迢迢为官异乡，感受官场互相倾轧的凶险，经历仕途千般坎坷，尝尽世态万种炎凉，给家人写信，说什么，怎么说？纸短言长，不能说的可能更多。

（十）

读岑参《山房春事》，觉句句是景，字字意深："梁园日暮乱飞鸦，极目萧条三两家。庭树不知人去尽，春来还发旧时花。"世间许多事物，都有一定的盛衰轨迹，繁华时分到败落季节的弯处，常能给人猛然的提醒。在大自然，似乎有自己的超然境界，对人间的悲欢离愁不管不问，实现着自己的无梦无绪的循环。日出日落,春夏秋冬,叶绿叶黄,都显得来去从容、自由,很见"拿得起、放得下"的功夫。"天若有情天亦老",李贺的名句证实着一个真理:人因有情非老不可。作为树木,逢春便会绽放花朵,但年年岁岁花相似,岁岁年年人不同。人间的离合悲欢,"变数"却很大,并没有循时随季而规律般地呈现,千人千心千面,千家千故千事,变化无常。如此差异,使人对自然界的泰然、恬静充满了羡慕和向往,亦反觉有情世界之无情与冷酷。尽管如此,人又放不下这份人间的情愫。世间繁花似锦的日子,世间欢笑畅快的生活,总是充满了奇异的魅力,也总是推动人群前行的动力。只是在闲暇,人又免不了深想一步:大自然真的无情和冷酷吗?

(十一)

晏殊,字同叔,北宋景德中赐同进士出身,庆历中官至集贤殿大学士,同中书门下平章事兼枢密使,六十四岁辞世。他的一首《浣溪沙》言浅意深:"一曲新词酒一杯,去年天气旧池台,夕阳西下几时回?无可奈何花落去,似曾相识燕归来,小园香径独徘徊。"

此时,夕阳西下,余晖昏黄,杯酒在手,新曲在耳。作者心中翻滚的，却是对"花开花落"自然循环的悟愁。此刻"闲静"中生发出的，绝不只是对人生短暂的哀叹情愫，更多的是体味着客观世界运动规律的伟大和威严。晏殊身居高位，对园中景物产生的"愁绪"，很似他在《清平乐》中"人面不知何处，绿波依旧东流"所表达出的情感。大自然的一切，有大自然的安排。世上人间，来来去去，其兴其衰，有始有终，其分其合，可与大自然同曲共舞的时光有多少呢？消极地去想，只能是"独徘徊"在"无可奈何"的心境里。其实，人生的意义不在人与自然的"差异"里，而在人间正道的创造与弘扬上。人非草木，人非鸟兽，人非沙石，所以，人可借景抒情，不可被景左右而灭去志向。

（十二）

项羽和刘邦，都不是诗人，但都给后人留下了几行风格独特的诗句。这诗句载入《史记》中，寓意颇深。垓下之围，项羽别姬之夜，他在重围中叹吟："力拔山兮气盖世，时不利兮骓不逝。骓不逝兮可奈何，虞兮虞兮奈若何！"《史记》载："歌数阕，美人和之。项王泣数行下，左右皆泣，莫能仰视。"

刘邦统一天下后，荣归故里，"置酒沛宫，悉召故人父老子弟纵酒，发沛中儿得百二十人，教之歌。酒酣，高祖击筑，自为歌诗曰：'大风起兮云飞扬，威加海内兮归故乡，安得猛士兮守四方！'令儿皆和习之。高祖乃起舞，慷慨伤怀，泣数行下。"

项羽和刘邦，吟诗时都控制不住情绪，均热泪纵横。然而，两人作诗时的处境竟有天壤之别：一个走在了人生败亡的边缘，一个登上了人生事业的巅峰；一个是悲极而泣，一个是喜极而泣；一个无颜见江东父老，一个荣归故里光彩无比。这种差别，透着世间的无情和有情。

面对强秦，项羽和刘邦尚能相合相容，同仇敌忾，而一旦秦军瓦解，两位"灭秦功臣"便厮杀起来，直至你死我活，悲剧因此写就，千古遗憾因此而留。

长河荡舟，后人遥望项羽、刘邦背影，重新诵吟此般诗文，该掀起多少层心浪？

（十三）

李贺是个奇人。作为中唐时期的浪漫主义诗人，短暂的人生，恰是剧烈的生命燃烧，铸就了他在中国诗坛光芒四射的永恒星座。"我有迷魂招不得，雄鸡一唱天下白"，"黑云压城城欲摧，甲光向日金鳞开"，"衰兰送客咸阳道，天若有情天亦老"……这些佳句，与李贺的名字已紧紧关联在一起，难以分开了。

李贺，字长吉，河南宜阳人。他的家世，本属唐皇室远支，但其父李晋肃官职卑微早亡，家境没落，生活窘迫。穷困潦倒中，李贺的一生，只有27个春秋，然而，他的生命，比270年，比2700年还长，这是他的诗作的不朽魅力。

李贺的《李凭箜篌引》一诗，堪与白居易的《琵琶行》、韩愈的《听颖师弹琴》相媲美，被后人称为"足以泣鬼"的佳作。

我们不妨再读一遍："吴丝蜀桐张高秋，空山凝云颓不流。江娥啼竹素女愁，李凭中国弹箜篌。昆山玉碎凤凰叫，芙蓉泣露香兰笑。十二门前融冷光，二十三弦动紫皇。女娲炼石补天处，石破天惊逗秋雨。梦入神山教神妪，老鱼跳波瘦蛟舞。吴质不眠倚桂树，露脚斜飞湿寒兔。"

李贺是宫廷梨园乐师李凭的听众，更是难得的知音。李凭的演奏达到了出神入化的境界，其音乐艺术造诣，在李贺笔下，被烘托得淋漓尽致。李贺对李凭的理解，是诗对音乐的理解，更是磨难中人心灵的共鸣。

（十四）

《宋词三百首》，有多种版本。不论怎么编选，条理一下会发现，"写情"的占了很大一部分。有些看似写景的，背后其实也是在写情。再细读去，会有一个发现：不少"写情"作品的魅力，来自"词中人"与"作词人"之间扑朔迷离的瓜葛。一些"作词人"的身世本不详细，"词中人"往往"欲现而又隐"，这使得留给后人去想去猜的余地变大了。

潘枋的《南乡子》，是为南剑州青楼女子而写，字里行间所透"怀旧"的情结极深："生怕倚阑干，阁下溪声阁外山。惟有旧时山共水，依然，暮雨朝云去不还。应是蹑飞鸾，月下时时整佩环。月又渐低霜又下，更阑，折得梅花独自看。"有人评论，作者"可能"是在怀念一位已经从良的曾被他所眷恋过的青楼女子。

史达祖所写《三姝媚》，更讲述了一个男女相恋的故事。"锦瑟横床，想泪痕尘影，凤弦常下。"有人分析，男主角是作者，女主角可能是一位风尘女子。"可惜东风，将恨与闲花俱谢。"悲伤之情，跃然纸上。

周紫芝的《鹧鸪天》，雨夜怀旧人，昨日今日对比，委婉动人："一点残釭欲尽时，乍凉秋气满屏帏。梧桐叶上三更雨，叶叶声声是别离。调宝瑟，拨金猊，那时同唱《鹧鸪词》。如今风雨西楼夜，不听清歌也泪垂。"这种深深情意的表达，岂是"局外人"所能挥就？

周邦彦《拜星月慢》，写透了所念情人的姿态、容貌、气质，似是作者生命中曾有的灯火。"竹槛灯窗，识秋娘庭院。笑相遇，似觉琼枝玉树相倚，暖日明霞光烂。""画图中、旧识春风面，谁知道、自到瑶台畔。眷恋雨润云温，苦惊风吹散。""念荒寒、寄宿无人馆，重门闭、败壁秋虫叹。怎奈何、一缕相思，隔溪山不断。"这种发自内心的情感，若爱不深、怨不切，是写不出来的。

宋词中"写实"把自己"装进去"的"大家"，首推柳永。柳永终身潦倒，放荡不羁，混迹青楼，对男女之情的体味，是他人难比的。他的代表作之一，是《雨霖铃》。"多情自古伤别离，更那堪、冷落清秋节！今宵酒醒何处？杨柳岸、晓风残月。此去经年，应是良辰好景虚设。便纵有千种风情，更与何人说？"词中涉及的，是柳永要离开汴京去外地漂泊时与心爱之人难舍难分的情景，痛苦中的恩爱，恩爱中的痛苦，跃然纸上，凄美动人。

"写情"上乘之作，还有吴文英的《齐天乐》，陆游的《钗头凤》，毛滂的《惜分飞》，等等。吴文英的"素骨凝冰，柔葱蘸雪，犹忆分瓜深意"，陆游的"山盟虽在，锦书难托"，毛滂的"今夜山深处，断魂分付潮回去"，都给人留下了难以忘怀的印象。

文化人"写他人"与"写自己"，是要别人"猜"的。但二者之间，许多的不同，却是极明显的。情真意切的东西，往往见于"写自己"，藏得愈深，见之愈著，这也算一种"情感辩证法"吧！

（十五）

姜夔的《齐天乐》和张镃的《满庭芳·促织儿》，都是咏物之作，描写对象都是蟋蟀。合读起来，别有滋味。姜夔的作品以空灵含蓄著称，张镃的作品以功底细致见长。

小小蟋蟀，引得墨客品评，当有其故。姜夔妙笔情深："庚郎先自吟愁赋，凄凄更闻私语。露湿铜铺，苔侵石井，都是曾听伊处。哀音似诉，正思妇无眠，起寻机杼。曲曲屏山，夜凉独自甚情绪？西窗又吹暗雨，为谁频断续，相和砧杵？候馆迎秋，离宫吊月，别有伤心无数。《豳》诗漫与，笑篱落呼灯，世间儿女。写入琴丝，一声声更苦。"

张镃对蟋蟀落笔轻快活泼："月洗高桐，露泓春草，宝钗楼外秋深。土花沿翠，萤火坠墙阴。静听寒声断续，微韵转，凄咽悲沉。争求侣、殷勤劝织，促破晓机心。儿时曾记得，呼灯灌穴，敛步随音。任满身花影，独自追寻。携向华堂戏斗。亭台小、笼巧妆金。今休说，从渠床下，凉夜伴孤吟。"

品读两首咏物之作，作者都以蟋蟀为对象，"钻进去"，又"跳出来"，且借蟋蟀表达了各自对世态及人情的洞识。

夏之蟋蟀，鸣似欢唱；秋之蟋蟀，鸣也哀愁。这是大自然的运转秩序，更搅动起词人的无边联想。"夜凉独自甚情绪"说得贴切而沉甸。"凉夜伴孤吟"，讲的是鸣叫的蟋蟀还是侧耳细听的人？

秋夜。秋虫。置身秋日的词人。秋夜露重，秋虫鸣苦，秋人多思。"西窗又吹暗雨，为谁频断续，相和砧杵？"姜夔的这一句，包含了内心许多的痛楚，其实，他自己人生的路就走得相当坎坷。"静听寒声断续，微韵转，凄咽悲沉"，张镃这番低诉，同样有所点指，不是无的之矢。正是：蟋蟀不知人间事，莫笑知音空相怜。

图书在版编目（CIP）数据

史街余韵 / 庹震著 . — 2版 . — 北京：新星出版社, 2024.6
ISBN 978-7-5133-5552-0

Ⅰ . ①史… Ⅱ . ①庹… Ⅲ . ①随笔 – 作品集 – 中国 – 当代 Ⅳ . ① I267.1

中国国家版本馆CIP数据核字(2024) 第 010882 号

史街余韵
庹震 著

责任编辑 林　琳
责任校对 刘　义
装帧设计 冷暖儿
责任印制 李珊珊

出 版 人 马汝军
出版发行 新星出版社
（北京市西城区车公庄大街丙3号楼8001　100044）
网　　址 www.newstarpress.com
法律顾问 北京市岳成律师事务所
印　　刷 北京天恒嘉业印刷有限公司
开　　本 787mm×1092mm　1/32
印　　张 9
字　　数 150千字
版　　次 2024年6月第2版　　2024年6月第1次印刷
书　　号 ISBN 978-7-5133-5552-0
定　　价 58.00元

版权专有，侵权必究。如有印装错误，请与出版社联系。
总机：010-88310888　　传真：010-65270449　　销售中心：010-88310811